英国ちいさな村の謎㉑

アガサ・レーズンと告げ口男の死

M・C・ビートン　羽田詩津子 訳

Busy Body

by M. C. Beaton

コージーブックス

挿画／浦本典子

アガサ・レーズンと告げ口男の死

ホープ・デロンに愛をこめて

主要登場人物

アガサ・レーズン……………………元PR会社経営者。私立探偵
トニ・ギルモア………………………アガサの探偵事務所の探偵
サイモン・ブラック…………………アガサの探偵事務所の探偵。新人
ビル・ウォン…………………………ミルセスター警察の部長刑事。アガサの友人
サー・チャールズ・フレイス………准男爵。アガサの友人
ロイ・シルバー………………………アガサの元部下。友人
ジョン・サンデー……………………安全衛生局の役人
ミリアム・コートニー………………南アフリカ出身の億万長者。領主屋敷の女主
ジャイルズ・ティムソン……………牧師
ペネロペ・ティムソン………………ジャイルズの妻
ティリー・グロソップ………………オドリー・クルーシスの村人
チャーリー・ビーグル………………オドリー・クルーシスの村人。引退した電気技師
フレッド・サマー……………………オドリー・クルーシスの村人。引退した建設業者
キャリー・ブラザー…………………オドリー・クルーシスの村人
メイ・ディンウッディ………………オドリー・クルーシスの村人
トム・コートニー……………………ミリアムの息子
エイミー・ベアンズ…………………ミリアムの娘。トムの妹
ダン・パルマー………………………記者
ジェームズ・レイシー………………アガサの元夫

1

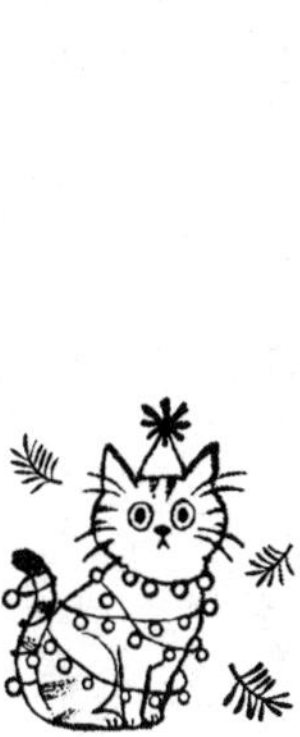

別れた夫ジェームズ・レイシーへの愛がほぼ消えたことに気づき、アガサ・レーズンはもうひとつの執着を断ち切ることにした。ちなみに、アガサはイギリスのコッツウォルズ地方で探偵事務所を経営する中年女性である。

この二年、アガサはディケンズファンの夢をすべてかなえるような完璧なクリスマスを演出しようとして、残念な結果に終わっていた。そこでクリスマスから逃げ出し、地中海のコルシカ島で長い休暇を過ごすことに決めた。彼女の右腕トニ・ギルモアは若いけれど非常に有能だったので、アガサがいなくても、うんざりするような離婚案件や行方不明のペット捜しなど、事務所の屋台骨となっている日々の仕事をそつなくこなすことができた。

アガサは島の南部にあるポルト＝ベッキオという町のホテルに部屋を予約した。グーグルで調べると、そこは古いジェノバ人の町で、冬でも十五、六度の温暖な気候らしかった。

フィガリ南コルシカ空港でタクシーを見つけるのに一時間以上かかったせいで、ホテルに到着したのは夕方遅くなってしまった。アガサはクリスマスをロブスターのディナーで祝いたい、と切望していた。ターキーはもううんざりだ。

ホテルのフロント係は彼女を出迎えるなりたずねた。

「当ホテルを三週間予約されていますね。なぜですか？」

アガサは目をぱちくりした。「なぜって？　休暇だからよ」

「でも、何をするおつもりですか？」フロント係はたずねた。「店もレストランも大半が閉まっています。車もお持ちではない。このあたりにタクシーはほとんどいないし、営業している車両も近場は行きたがりません」

「それについては考えてみるわ」アガサはぐったりしながら言った。「おなかがすいているの。このホテルにはレストランがある？」

「いいえ。でもホテルを出て右に曲がり、次の角を左に曲がって歩いていけば城塞に出ます。そのあたりに何軒かレストランがありますよ」

アガサは荷物を置くと。城塞めざして急な坂道を上っていった。クリスマスのイルミネーションは見たこともないほど美しかったが、通りはさびれていた。古い城塞の真ん中にある広場に着いた。二軒のレストランが営業していて、誰もいないスケートリンクでは夜のあいだに凍るように水をまいている。アガサの気分はさらに下がった。コルシカ島は水が凍るほど寒いとは思ってもみなかったのだ。

一軒のレストランの正面には、喫煙者用にヒーターを置いたエリアがあった。アガサはそこにすわって食事を注文した。料理は特においしいわけでもないのに四十二ユーロもして、ポンドの下落のせいで換算すると四十二ポンドに相当した。

アガサは煙草をふかしながら、レンタカーを利用しようかと思案した。問題は縦列駐車ができないということだ。それどころか、トラックでも停められるぐらいのスペースが空いていないと駐車する自信がなかった。これまでに見た駐車車両は隙間なく停められていた。前後にぎっしり停められた車を傷つけずに、いったいどうやって自分の車を出すのだろう?

アガサは失敗を認めたくなかった。家に帰って失敗したとは言いたくない。ともあれ、ひと晩ぐっすり眠りたかった。アガサは閑散とした通りをホテルへと重い足取りで戻っていった。どの街灯でも、クリスマスイルミネーションの金色の丸い輪が輝いていた。

翌日はいい天気だった。おいしい朝食をとってから、アガサは港への道順をたずねた。港まで行けば、絶対に新鮮なシーフードがあるにちがいない。「城塞から近道がありますよ」フロント係は教えてくれた。「ただし、とても急です」アガサの関節炎を患っている股関節に不穏な痛みが走った。

「回り道はある？　それだと、どのぐらいかかるかしら？」

「三十分ぐらいですね」

そこで、アガサは回り道で行くことにした。そして歩きに歩き、一時間半もかけて、ようやく港に出た。レストランは営業していたが、ロブスターはなかった。今日のお勧めのサーモンステーキを注文し、この程度のものならイギリスでいつでも食べられると内心でぼやいた。食後、ウェイトレスにタクシーを呼んでくれといちおう頼んでみたが、やはり乗せてくれそうなタクシーはなかった。「町から町への長距離しか乗せたがらないんです」ウェイトレスは説明した。

そこで城塞までの近道を試してみることにした。信じられないほど急な坂道だった。ある地点では、道に顔をのぞきこまれているように感じたほどだ。股関節の痛みが激しくなり、ぜえぜえ息を切らしながら坂道を上っていった。

城塞の広場にたどり着くと、レストランの前の椅子にへたりこみビールを注文した。

煙草のパックを取り出してから、またしまいこんだ。坂道を上ったせいで、まだ息苦しかったのだ。

ここから出なくちゃ、と決意した。ボニファシオという町は美しい場所らしい。もう頭にきた。レンタカーで、そっちに行こう。そこまで行けばロブスターがあるにちがいない。

ホテルに戻ると、ノートパソコンでボニファシオについて調べた。ボニファシオの港は富裕層向けで洗練され、何軒も高級なレストランが建ち並んでいるようだ。港を見下ろす崖に古い中世の町があった。開いているホテルは多くないようだったが、よさそうなホテルを見つけて部屋を予約した。ただし用心して、どのぐらい滞在するかわからないと言っておいた。

翌日、夜明けとともにレンタカーで出発すると、道はすいていたし、ボニファシオへの案内標識がいくつもあったのでアガサは胸をなでおろした。太陽が昇ってくると、今日も雲ひとつない空が広がり、車は山道をぐんぐん上っていった。アガサは安堵がこみあげてきた。すべてうまくいきそうだわ。

ホテルは町の外にあった。案内されたホテルの敷地内に立つ小さなコテージは、赤い瓦屋根がついた古い石造りの建物で、まるで妖精の家のようだった。広いリビングと寝室に、巨大な浴槽のあるバスルームがついている。ホテルではディナーしか出していなかったので、荷ほどきをすると港まで車で下っていった。

ほぼすべてのレストランが閉まっていた。港に着いてすぐに空が暗くなり、冷たい風が吹きはじめ、港のヤシの木をしならせ、波止場沿いに係留されているヨットの覆いをバサバサ鳴らしはじめた。数少ないレストランの一軒でランチをとった。食事はおいしかった——ただし、ロブスターはなかった。食後は古い町を訪ねることにして車で向かったが、気がつくと、恐ろしく狭い通りのぞっとする迷路にはまりこんでいた。何度か車を壁にこすりかけた。そして何度か道に迷いかけたが、ようやくめざす通りを見つけてほっとした。激しい雨がフロントウィンドウにたたきつけていた。

「もう、うんざり」アガサは容赦なく降りしきる雨に向かって叫んだ。「家に帰るわ」

シャルル・ド・ゴール空港に着いたときには喉が痛くなっていた。おまけにこれまでのターミナル2FではなくてE2から出発しなくてはならずうんざりした。ターミナルは迷子になりそうなほど巨大で、チェックインカウンターはひどく混雑していた。ただ、セキュリティに彼女のバッグを通していた男性がパスポートを見せるように言ったときの一幕だけは、気分を上げてくれた。彼はまじまじとアガサの写真を見つめてこう言った。「マダム、この写真の女性も美しいが、今日のあなたはそれ以上にお美しい」

アガサはフランス人のお世辞には慣れていたので、こう返した。

「ムッシュー、あなたみたいなハンサムな男性からそんなおほめの言葉をかけられると、自分が本当に美しくなった気がするわ」

彼は微笑み、その場にいた全員が微笑み、アガサは心が温かくなった。ほめ言葉にかけてはフランス人は最高だわ。避妊ピルが登場したとたんに、イギリスではそのテクニックが消滅した。イギリスで男性と甘い言葉をやりとりしようとしても、くだらないことを言っていないでさっさとパンティを下ろせ、という言葉しか返ってこないだろう。

バーミンガム行きのフライトのゲートは地下だった。そこから乗客全員がバスに乗せられたものの、飛行機まであまりにも時間がかかったので、カレー港まで連れていかれるんじゃないかと思ったほどだった。

カースリーへ、自分のコテージへ続く道を運転しながら、コルシカでもそうだったんだから、ここでもクリスマスを無視できるはずよ、と思った。ただ、いつもの癖で教会の塔の上のクリスマスツリーに、目を向けた。だが、そこにクリスマスツリーはなかった。驚いて、まばたきした。毎年、四角い教会の塔のてっぺんに立つクリスマスツリーは、周囲の風景をまばゆく照らしだした。村の広場を一周してみる。いつも十二月には立っている広場のクリスマスツリーもなく、村のメイン・ストリート沿いにぶらさげられる豆電球すら見当たらなかった。

アガサは心の中で肩をすくめた。たぶん人々は理性を取り戻し、クリスマスの商業主義にうんざりしたのだろう。とはいえ、教会は商業主義だと責められるいわれはないが。そのときアガサは知らなかったのだが、実は村の暗闇の陰には一人の男が存在したのだ。コッツウォルズに死と恐怖をもたらした一人の男が。

すべては、アガサがコルシカに出発した翌日に始まった。牧師のアルフ・ブロクスビーは手伝いのたくましい二人の男たちとともに、急な教会の階段を上がって屋根までクリスマスツリーを運びあげた。塔のてっぺんにツリーを立ててから、塔にツリーを固定するために、戸棚にしまってあるケーブルを探そうとした。そのとき、塔の入り口から声がした。「やめるんだ!」

アルフは驚いて振り返った。戸口に立っていたのは、ミスター・ジョン・サンデー、ミルセスターにオフィスがある安全衛生局の役人だった。

「そのツリーを立てることは許可しない」ミスター・サンデーは言った。「一般人に危険を及ぼす。ツリーが塔から落ちて、誰かの命を奪うかもしれないからな」

ミスター・サンデーは小柄で太鼓腹、けんか早そうな顔つきでふさふさした白髪交じりの髪をしていた。「わたしはミルセスター安全衛生局の役人として、あんたがあくまでそのツリーを立てると言い張るなら、法廷に召喚する権利がある。さらに教会墓地の墓石の周囲には、赤いひもを張るつもりだ」

「なぜそんな真似を？」アルフは叫んだ。

「倒れるかもしれないからだ」

「いいかよく聞くんだ、このまぬけ、あの墓石は何百年も前から倒れずに立っているんだぞ」

「ヨークシャーで墓地の墓石が倒れ、怪我人が出たんだ。安全を守るのは、わたしの仕事だ」

「ああ、もう帰ってくれ」アルフはうんざりしたように言った。「さあ、みんな。このツリーを立ててしまおう」

しかし二日後、安全衛生局から牧師は公式文書を受けとり、ツリーを下ろさなければば法廷に召喚されると通告された。

さらにカースリーの教区は、メイン・ストリート沿いに豆電球を飾りたいなら梯子《はしご》を使ってはならない、と警告された。代わりに二名の熟練した作業者によってクレーンで作業をおこなわなくてはならない、と。そのためには、作業者の訓練費用と賃金、機械の費用で、村は千二百ポンドの出費を余儀なくされる。さらに、どの電球も、しっかりついているかどうかを確認するために高価な器具を使って「引っ張り強度テスト」をする必要がある。おまけに電柱はイルミネーションをぶらさげるには危険だとみなされた。

ジョン・サンデーは不人気が増すにつれ、「意地悪サンデー」というあだ名をつけられるようになった。村の商店は、ヴィクトリア女王時代からある木製棚を「両手でなでたときに、木の破片が刺さるかもしれない」から置いてはならない、と言われた。村の学校は「不法侵入者が暗闇で滑るといけないので」夜間に照明をつけておくように通告された。

さらに子どもたちが女王の顔がついていないおもちゃのお金で遊ぶと、「偽札」で遊ばないようにと警告された。

意地悪サンデーは安全衛生局に報告をするたびに、地位が上がっていった。カースリーの村人たちから向けられる憎悪は妬《ねた》みによるものだと、彼は気にもかけなかった。

アガサは家に帰ってきた翌日、友人で牧師の妻、ミセス・ブロクスビーを訪ねて、こうした事情を洗いざらい知った。しかし、ミセス・ブロクスビーが意外だったのは、アガサが意地悪サンデーの邪悪さにあまり興味がなさそうなことだった。それどころか、何に対しても興味を失っているようだ。いつ仕事に復帰するのかとたずねると、アガサは投げやりに答えた。「たぶん新年になってから」

愚かな執着から抜け出してほしい、とミセス・ブロクスビーはずっと願っていたが、執着を失ったアガサはなんだか意気消沈しているように見えた。

アガサ・レーズンは五十代の今でも魅力的な外見を保っている。艶《つや》のある豊かな茶色の髪、きれいな肌、形のいい脚。ただし、ウエストは少し太めで、茶色の目は小さくてクマを思わせた。今日は紺色のオーダーメードのカシミア製パンツスーツにゴールドのシルクブラウスをあわせている。しかし、ふっくらした唇はへの字になり、目は物憂げだった。

「今夜、うちの婦人会はオドリー・クルーシス婦人会と合同で集まるの。ぜひ来てね。オドリー・クルーシスはミスター・サンデーに圧力をかけられているので、わたししたちと力を合わせて、何かできることがないか検討したがっているのよ。あなた、ずっと婦人会に顔を出していないでしょ」

「誰も知っている人がいないから。みんな、次々に家を売って引っ越していくし、新しく来た人はどんどん年齢が上がっているでしょ」

「わたしとミス・シムズを別にしたら、最近のあなたはメンバーについてまったく関心がなかったでしょ。いい、絶対に来てちょうだいね」ふだんは穏やかな感じのいい声が尖った。「他に何をするっていうの？　家にひきこもって、ただ物思いにふけっているつもり？」

アガサはぎくりとして友人を見た。

「ただ、どんなできごとにも、誰に対しても、関心が持てないのよ」アガサはため息をついた。「わかった、あなたを村まで送っていくわ。オドリー・クルーシスには一度も行ったことがないし」

「かわいらしい村よ。みんないい人だし。抗議集会は牧師館で開かれることになっているの。牧師の奥さんのペネロペ・ティムソンは焼き菓子が大の得意で、ケーキは近所でも評判よ」

オドリー・クルーシスはカースリーから十五キロほどの距離で、霜のきらめく曲がりくねった道を進んでいった先にあった。古いチューダー様式の茅葺《かやぶ》き屋根の家々が立ち並ぶ風景は、とうに忘れられた昔のイギリスを彷彿とさせた。困ったことに、バンパーとバンパーがくっつかんばかりに、牧師館の外にずらっと車が駐車していた。

「わたしじゃ絶対に駐車できないわ」アガサはうめいた。

「わたしにやらせて。代わりに停めるわ」

アガサが降りると、ミセス・ブロクスビーは運転席に移り、アガサのローバーを二台の車の間にきちんと停めた。前後の隙間はわずか数センチずつだった。

アガサは牧師館に歩いていった。かすかに人声が伝わってくる。ため息がもれた。ケーキと退屈しかないのに、どうして来ちゃったのかしら？

牧師館の客間は広く、二十五名ほどの人々がいた。しかし、ミス・シムズ以外に、カースリー婦人会のメンバーは見当たらなかった。ミセス・ブロクスビーは落胆した声で、みんな、来ないことにしたのね、とささやいた。アガサはミス・シムズに手を振った。彼女はカースリーのシングルマザーで、とても短いスカートとフランスの漁師風のセーターにショートブーツ、という格好で、長いイヤリングをぶらさげていた。

暖炉の薪《まき》の火が弱々しく燃えていて、ときおり煙をボワッと部屋に吐き出している。

アガサはお茶とケーキを断った。ティーカップと受け皿とケーキを危なっかしく持つ気になれなかったのだ。すわり心地のいい椅子はすべてふさがっていて、とびきり硬い椅子が運ばれてきた。アガサは硬い椅子にすわり、このいまいましい夜はどのぐらい続くのだろう、とげんなりしながら考えた。部屋は寒かった。古い建物の片側の壁には両開きのガラスドアがあり、体の冷えきった訪問者が吐き出す息で、たちまちガラスが白く曇った。

新たに到着した女性がみんなに囲まれていた。アガサの見たところ、その女性は七十代。なめし革のような茶色の肌に無数の皺《しわ》が走り、豊かな黒髪には白髪が交じっていたが、ブルーグレーの目は溌剌《はつらつ》と輝いていた。

「外は凍えそうよ」彼女はコートを脱ぎ、パシュミナのストールをはずした。「今夜は嵐になるそうね」

「あの人は何者で、あの訛《なま》りはどこのもの?」アガサはたずねた。

「ミセス・ミリアム・コートニー、未亡人、南アフリカ出身の億万長者」ミセス・ブロクスビーがひそひそ声で教えた。「二年前に、ここの領主屋敷を買ったの」

ミリアムは楽しげに部屋を見回した。

「あのお尻が痛くなる椅子にすわらなくちゃいけないの？」

「あたしの椅子をどうぞ」ミス・シムズがすぐさま肘掛け椅子を譲った。

アガサは一瞬、嫉妬を覚えた。

「ああ、なんて寒いの」ミリアムは言った。「そこのバケツには石炭が入ってるんでしょ。もう少しくべて、もっと火を大きくしたら？」

「それ、煙が出ない石炭じゃないんです」ペネロペ・ティムソンが反対した。牧師の妻のペネロペは長身のやせた女性で、とても大きな手足をしていた。小柄な教区民と話すために長年にわたってかがみこんでいたせいか、背中が丸くなっている。セーターの上に二枚もカーディガンをはおり、だぼっとしたツイードのスカートにウールのタイツをはき、驚くことに大きなネズミの形をしたふわふわのピンクのスリッパをはいていた。「ミスター・サンデーのことはご存じでしょ。煙が出ていないか巡回しているんですよ。煙が出ない石炭を燃やす決まりになっているので」

「あら、彼のことなんて気にすることないわ。勇気を出さなくちゃ。さあ、少しでいいから放りこんで」ミリアムが言い張った。

より強い意志には逆らえず、ペネロペは石炭ばさみをつかんで、石炭をいくつか暖炉に投げこんだ。炎は勢いづいたが、さらに煙がひどくなった。

「やだ、ブランデーを持ってきたのに車に忘れてきたわ。とりに行ってくる」ミリアムが言った。「わたしのことは待っていなくてけっこうよ。始めてちょうだい」

「お酒を飲んだら運転はしないものだと思っていた」アガサはつぶやいた。

「自分で飲みたいのよ」ミセス・ブロクスビーは言った。「彼女は家まで歩いて帰るから。だけど、なぜわざわざ車で来たのかしらね」

「そもそも、地元の人たちが車で来たのが不思議だわ」アガサは言った。「みんな、歩いて来られるんじゃない？」

「歩くのは都会だけだと思うわ。最近の田舎じゃ、たとえ数メートルでも車を使うみたい」

ペネロペが開会を宣言した。アガサはとりとめのない物思いにふけった。たぶん少し残っているはずの休暇で、どこか暖かいところに行ってもいい。だけど、もうビーチの休暇はごめんだし、ミリアムの肌を見れば、日焼けした女性がどうなるかよくわかる。まったく愚かだったわね、日焼けの流行は、とアガサは思い返した。金持ちしか冬に海外に行けなかった昔なら理解できるが、いまやあらゆる階層のイギリス人が海外まで飛び、しかも出発前に日焼けサロンを訪れている。上等な革製品は乾燥してひび割れないように、太陽の下に出しっぱなしにしないくせに、どうして肌にはそういう仕打ちをするのかしら？　スローガンが思い浮かんだ。「黒いのは美しい」たしかにそうね。だけど、アガサが「白いのは美しい」というスローガンを創作しても、人種差別委員会に阻止されるだろう。

そのとき、ペネロペが言った。「ミセス・コートニーはどこかしら？　もう戻ってきてもいいはずよ。氷で滑ってころんでいなければいいけれど」

「ちょっと行って捜してきます」ミス・シムズがさっと立ち上がった。

集会は続いた。意地悪サンデーについての邪悪な描写がアガサの右の耳から左の耳へと抜けていった。元夫はどこにいるのだろうと考え、ジェームズへの執着を克服できて心からうれしく思った。とはいえ、執着がないと、人生はいかにむなしく感じられることか。

「彼女を見つけました！　ミセス・コートニーはお酒をとりに家に戻ってたんです。車にはなかったから」ミス・シムズは戸口から報告した。彼女のあとからミリアムが入ってきた。どちらもボトルを運んでいた。ペネロペはグラスを探しに行き、トレイにぎっしりグラスをのせて戻ってきた。

ブランデーが注がれると、たちまち部屋のあちこちで上品なつぶやきが聞こえた――「あら、一杯なら問題ないわね」「こんなに寒い夜ですもの、何かしら飲まないと」「ああ、そのぐらいで！」

「雪になりそうね」ミリアムは言った。「風が強くなってきている」

部屋には煙がもうもうとたちこめていた。ペネロペは大きな手であおいだが効果はなかった。「風を入れないと」彼女は言った。

ペネロペは両開きドアに目を向けたとたん、悲鳴をあげた。グラスがいくつかのったトレイが手から滑り床に落ちた。全員が立ち上がり、両開きドアの方を見るや、たちまち煙だらけの部屋のあちこちで悲鳴があがった。

男が顔をガラスに押しつけていて、血まみれの手でガラスを汚しながら、ゆっくりと体がずり落ちていく。ジョン・サンデーだ。曇ったガラス越しにぼんやりと見える光景は、まるでホラー映画から飛び出してきたみたいに非現実的だった。

アガサはその長い夜のことを決して忘れないだろう。全員が寒い牧師館の客間に閉じこめられた。白い作業着姿の犯罪現場チームが窓の外で作業をするあいだ、警官が警備に立った。それから、内務省の法医学者が到着するのをさんざん待った。彼の仕事が終わると、ウィルクス警部といっしょにアガサの友人のビル・ウォン部長刑事と、アガサの天敵である嫌味な女、コリンズ部長刑事が到着した。一人ずつ、全員が聴取された。ビルはアガサを知らないかのように振る舞ったが、あとで訪ねるから、とそっと耳打ちした。コリンズは、全員が車で帰れるかどうか呼気検査をするべきだ、と主張した。ミリアムとミス・シムズが尋問のために連れていかれた。部屋を出たのは、その二人だけだったからだ。

さらに悪いことは重なるもので、アガサとミセス・ブロクスビーが牧師館を出たときはぐんと気温が下がって、大雪になっていた。アガサの車の前後に停まっていた車はすでに走り去ったあとだった。

アガサが細い小道を運転していくと、雪は目の前でダンスを踊り、前方の道を明るく照らしだした。

アガサはミセス・ブロクスビーをカースリーの牧師館で降ろすと、家に帰った。あたり一面、銀世界になっていた。

眠たげな猫たちが挨拶にやって来た。アガサは腕時計を見た。朝の五時だ！　へとへとに疲れていたが、興奮で手のひらがピリピリしていた。殺人が起きたのだ！　眠りに落ちる前に最後に頭をよぎったのは、オフィスに行かなくてはならない、ということだった。

寝坊して目覚めると、窓枠に雪が積もっていた。セントラルヒーティングはちゃんと稼働していないようだ。ガウンにくるまってリビングに下りていくと、掃除婦のドリス・シンプソンが暖炉に用意しておいてくれた薪に火をつけた。それからキッチンに行き、朝食を用意した――ブラックコーヒー一杯だけ。リビングに戻ると、トニ・ギルモアに電話した。若いアシスタントはオフィスの角を曲がったところに住んでいるので、もう仕事に出ているはずだ。

「休暇はどうでしたか？」トニはたずねた。

「最悪。そのことはあとで話すわ。殺人事件が起きたの」

アガサは事件の概略を説明してから、「ジョン・サンデーは、あちこちの村でたくさんの敵を作っていたみたいだから、犯人を見つけるのはむずかしくなりそうね。もしかしたら仕事先でも敵がいたのかもしれない。ミルセスター安全衛生局を当たってみてもらえない？　それからパトリックに昔の警察のコネで、サンデーの死因を探ってもらうように頼んで」と指示した。

パトリック・マリガンは退職した警察官で、少し前からアガサのところで働いていた。他にはカースリー出身の年配男性フィル・ウィザースプーン、トニの元気な若い友人、シャロン・ゴールドド、事務員のミセス・フリードマンがいた。元警官のポール・ケンソンとフレッド・オースターは短期間だけ事務所で働いていたが、イラクで警備会社の仕事をするために辞めてしまった。

アガサはまだ降っている雪を眺めながら、落ち着かない気持ちだった。チーズサンドウィッチを作り、コーヒーをもう一杯淹れ、テレビのBBCニュースをつけた。トラファルガー広場で地球温暖化のデモがおこなわれていたが、抗議者たちの姿は降りしきる雪でほぼ見えなくなっている。辛抱強くすわってニュースを最後まで聞いたが、ジョン・サンデーの殺人事件については何も報道されなかった。

陰気な白い雪が降りしきり、だらだらと時間が過ぎていった。アガサの二匹の猫、ホッジとボズウェルはキッチンのドアのそばにずっとすわりこんでいて、どうして外に出してもらえないのだろうと不思議そうだった。

正午に電話が鳴った。トニからだった。サンデーはキッチンナイフみたいなもので刺されたということぐらいしか、パトリックはつかめなかった、と報告してきた。身を守ろうとしたらしく、両手と上腕に切り傷が残っていた。

アガサはまた雪に封じこめられた退屈に戻った。午後はソファで眠りこみ、一時間後、ドアベルが鳴って目を覚ました。

ドアを開けると、ミリアム・コートニーが立っていて、スキーをはずしているところだった。「雪が止んだから、あんたに会いに来ようと思ったのよ」ミリアムは言った。「まだ村の道に塩はまかれていないけど、農夫たちが雪かきをしたからスキーで来られたの。雪が止んでくれてよかった。中に入れてもらえない？」

「あ、失礼しました。どうぞ入ってください」

ミリアムはスキー板を外の壁に立てかけた。「奥のキッチンの方までどうぞ」アガサは言った。アガサはミリアムを好きになれなかったが、誰もいないより話し相手がいる方がましだと考え直した。「コーヒーはいかが？」

「ありがたいね」ミリアムはダウンコートと毛糸の帽子を脱ぎ、キッチンのテーブルの前にすわった。

「どうしてここに？」アガサはたずね、コーヒーパーコレーターのスイッチを入れた。

「探偵事務所をやっていると聞いたから、あんたを雇いたいと思ってね。わたしが第一容疑者になってるの」

「なぜですか？」

「ミス・シムズを除けば、部屋からしばらく出ていたのはわたしだけだからよ。それに、ミルセスターの安全衛生局のオフィスを訪ねて、サンデーを殺してやるって脅した過去もあるし」

「なぜそんなことを？」

「夏に週に二度、屋敷を一般公開しているせいよ。屋敷は古いチューダー様式の建物で、けっこう見学客がやって来るの。サンデーは玄関ドアへの階段のせいで、障害者が入れなくなっている、といちゃもんをつけてきた。傾斜路をつけるべきだって。だけど向こうが提案してきた傾斜路ときたら、巨大な金属製で、私道の半分ぐらいまでふさぐしろものだったの。たまに車椅子の来場者が来ても、とてもゆるやかな階段だから車椅子で後ろ向きに上れるって説明してあったんだけどね。サンデーは傾斜路をつけなければ、今後は屋敷を一般公開させない、って言った。わたしは石頭のろくでなしの役人を殺してやる、って口走っちゃったのよ。今朝、屋敷に捜索令状を持って警察が来たわ」

「雪の中をどうやって来たんですか？」アガサはたずねて、ミリアムの前にコーヒーのカップを置いた。

「ランドローバーでどうにか来られたみたい。警察はわたしのキッチンのナイフをすべて持っていった。だからあんたに真犯人を見つけてもらいたいの。わたしは村では新参者だし、すでに厄介なことが起きている。うちを掃除してくれている二人の女性たちも、今朝電話をかけてきて、もうおたくでは働きません、って言ってきた」

「どうして屋敷を一般公開しなくてはならないんですか？　お金が必要なんですか？」

「いえ、全然。でも、屋敷を見せびらかすのが楽しいの。かなり改装したからね」

「今は契約書がありませんけど、オフィスからあなたに送らせますのでサインしてください。犯人に心あたりはありますか？」

「彼はたくさんの人を怒らせていた。だから、誰からとりかかるべきかについてはアドバイスできないね。あ、聞いて！　ようやく塩散布車が来た」

「よかった。ここに閉じこめられてストレスがたまっていたんです」

「誰か玄関に来てるんじゃない？」

　アガサは玄関に出ていった。アガサの親しい友人、サー・チャールズ・フレイスが着ぶくれして戸口に立っていた。

「やれやれ、絶対にたどり着けないかと思った」彼は足踏みしてブーツから雪を落とした。「庭師のランドローバーを借りなくちゃならなかった。クレスタ・ラン（世界一有名で危険なスイスにあるスケルトンの氷上コース）を滑ってるみたいに走ってきたよ。朝のラジオで殺人事件について聞いて駆けつけたんだ」

　アガサは自分のあとからキッチンに入ってきたチャールズをミリアムに紹介した。

「サーとは」ミリアムは言った。「なんてすばらしいの！」いらだたしいことに、ミリアムは媚《こ》びを売っていた。

　ミリアムは自分が訪ねてきた理由を説明した。

「ああ、アギーが解決してくれますよ」チャールズは言うと、勝手にコーヒーを注いだ。

　チャールズは中肉中背で、きれいに手入れした髪と整った顔立ちをしていた。チャールズは猫と同じように心の内をさらけださない、とアガサはしばしば感じた。彼はアガサの人生に出たり入ったりして、しじゅう彼女のコテージをホテル代わりに使っていた。

「鍵を使わなかったのね」アガサは指摘した。「うちのコテージの鍵をなくしたの？」

「いや、持ってるよ。だけど、このあいだ勝手に入ったら、すごく不機嫌になったから」

　ミリアムは二人を見比べ、おもしろそうに目を輝かせている。

「あんたたち、つきあってるの？」

「ちがいます！」アガサは言った。「ともかく、さっさと仕事にとりかかった方がよさそうね。オドリー・クルーシスに行って話を聞いて回りたいんですけど」

「わたしが送っていこう」チャールズが申し出た。「あなたはどうやって来たんですか、ミリアム?」

「スキーよ」

チャールズは笑った。「すごい人だな。ルーフラックがあるからスキー板を積めますよ。三人でいっしょに行きましょう」

アガサはしかめ面を隠そうとして、あわてて顔をそむけた。アガサにはあまり友人がいなかったので、数少ない友人を独占しようとして、すぐ焼きもちを焼いた。

「上でちょっと着替えてくるわ」

アガサが暖かい服を着ていると、ミリアムの甲高い笑い声に続いて、チャールズのうれしそうな含み笑いが聞こえてきた。

ミリアムがわたしを雇ったのは目くらましのためにちがいない、と思った。絶対に彼女が犯人よ。ああ、お願い、ミリアムが殺人者でありますように。

2

「これがわたしの展示品よ」誇らしげに言いながら、ミリアムは二人を屋敷のメインホールに案内した。

チャールズはまばゆく光る甲冑《かっちゅう》、長い食堂用テーブル、壁に交差して飾られた矛槍《ほこやり》、ボロボロの戦旗、ガス火の偽たいまつを眺めて、苦笑を押し殺した。この部屋にはひとつも本物はないように思えた。しかし、アガサはあきらかにミリアムに対して敵対心を覚えているようだったので、さらにそれを煽《あお》ってやることにした。アガサは自分の最悪の部分、たとえば押しの強さをミリアムにも発見したら、少し反省するかもしれない。

「すばらしい！」チャールズは叫んだ。

アガサには何もかもが舞台装置のように感じられた。

「さて、よかったら一杯いかが？」ミリアムが提案した。「わたしたちはすばらしい友人になれそうだもの」しかし、そう言ったとき、ミリアムはアガサには背を向け、チャールズに大きな笑みを見せていた。

「さっそく仕事にとりかかった方がいいですよ」アガサはぶしつけに言った。「まず牧師館から始めましょう」

オドリー・クルーシスの中心にある小さな三角形の広場に、捜査本部車両が停まっていた。牧師館の正面には立ち入り禁止のテープが張られている。警官が一人、ドアの外で警備していた。

アガサはテープの下をくぐり、そのあとにミリアムとチャールズが続いた。「立ち入り禁止です」警官が注意した。

「殺人は外で起きたのよ」アガサはシートでカバーされている両開きドアを指さした。「個人的に訪ねてきただけよ」

警官は捜査本部車両の方を困ったように見てから、ハロゲンライトの下で人影が作業しているテントの方をうかがった。「ここで待っていてください」彼は命じると、捜査本部車両の方に歩いていった。

雪の中で震えながら、アガサはミリアムにたずねた。「どうしてコッツウォルズに来たんですか？」

「何年も前に休暇で来て、忘れられなくなったの。とても美しくて平和で。ま、これまではね。あら、警官が戻ってきた」

「入ってかまいません。ミセス・コートニーですね？」

「ええ、そうよ」

「お訊きしたいことがあるので、わたしといっしょに捜査本部車両の方に来てくださ い」

「嘘でしょ！」ミリアムはうんざりしたように文句をつけた。「ほぼひと晩じゅう、引き留められてたのよ。雪の中を弁護士が到着したら、あとは彼と話をしてね」

ミリアムは警官と歩き去っていき、アガサは牧師館のドアに近づいてベルを鳴らした。

ペネロペが出てきた。ゆうべと同じ服を着ている。服のまま寝たのだろうか。ペネロペは近眼なのか、二人をまばたきしながら目を細めて見た。

「メディアの方なら、何も話すことはありません」

「アガサ・レーズンよ。で、こちらは友人のサー・チャールズ・フレイスです」

ペネロペは笑顔になった。「本当にごめんなさい、気づかなくて、サー・チャールズ。昨年、おたくの美しいお屋敷の敷地で開かれたイベントに参加したんです。どうぞお入りください」アガサの存在は忘れているようだった。

古い牧師館の客間は相変わらず冷え冷えとしていた。電熱線が二本ついたヒーターが、灰まみれの暖炉の前に置かれている。長身でやせた男性が部屋に入ってきた。

「主人です」とペネロペは言って、みんなを紹介した。彼は二人と握手した。

「ジャイルズ・ティムソンです」甲高い声で言った。「嫌なできごとですね。どうかおすわりください」

「わたしはミセス・ブロクスビーの友人なんです」アガサはヒーターのわきの肘掛け椅子にすわると切りだした。「探偵事務所を経営しているので、ミセス・コートニーから調査を依頼されました」

「なぜですか？」牧師はたずねた。アガサの前に立っているところは、まるで池の中の奇妙な魚を見下ろしている驚いたサギみたいに見えた。髪は灰色で、長くて細い鼻をしている。

「ミリアムは第一容疑者とみなされているようなんです」

「きっと警察で犯人を見つけるだろう」

「うんざりよね」ペネロペが高い声で割って入った。「だって、問題は誰がジョン・

サンデーを殺したがるかっていうことじゃなくて、殺したがらない人なんているのかっていうことだもの」

「おまえ……」

「あら、ジャイルズ。あなただって、あの小男を殺してやりたい、って言ってたでしょ」

「何が原因で、そんなふうに思ったんですか？」チャールズがすかさずたずねた。

「さあ、なんのことやら……」牧師は困った様子だったが、ペネロペは意気込んで説明した。「あら、覚えてるでしょ、彼は教会のキャンドルに反対したのよ。倒れて、誰かに火傷させるかもしれないって。あなたはカンカンになって、『おまえを殺してやる、この虫けらめ』って怒鳴った。ジャイルズはとても短気なんです」

「もう絞首刑制度がなくてうれしいですよ」牧師は言った。「さもなければ妻はわたしを絞首台に吊したかもしれない。ご用があれば書斎にいますので」彼のブルーグレーの目が妻のやせた姿をじろっと見た。「今朝、着替えなかったのか？」

「時間がなかったの。警察がひと晩じゅう来ていたし、暖炉のそばの肘掛け椅子で寝たから」

「まったく！」牧師は言い捨てると、部屋を出ていった。

「サンデーを殺す理由のある人が、ゆうべここにいましたか？」アガサはたずねた。

「あら、まさか。ただ、誰かが彼を殺したとは思っていないけれど、ここに集まった理由は、全員があのぞっとする男と一度や二度、ぶつかったことがあるからだったんです」

「たとえば、どういうことで？」

「ミセス・キャリー・ブラザーは、犬が村の広場で用を足したので罰金を払わされた。サマー夫妻とビーグル夫妻は毎年コテージをクリスマスイルミネーションで飾っていたのに、今年は禁じられた。なんだかんだの規則のせいでね」

「その人たちはどこにすわってました？」アガサはたずねた。

「思い出すのはむずかしいわ。ビーグル夫妻は暖炉の近くで、サマー夫妻はドアのそばだったと思います。だけど、犯人は部屋を出る必要があったんでしょう？　外に行ったのはミセス・コートニーとミス・シムズだけよ。もしかしたらミス・シムズが？」

「彼女はサンデーに対する恨みを口にしていましたか？」

「いえ、それはなかった。でも、あの人は婦人会のメンバーらしからぬ人でしょ」

アガサはむっとした。「ミス・シムズは以前からとても優秀な書記です」

「ミリアムだとは思えないいな」チャールズはアガサにまばゆい笑みを向けながら言っ

た。「彼女はとても愉快で真っ正直な人に思える」

「たしかに」ペネロペも同意した。「それに、彼女は村のためにとても尽くしてくれているんです。教会の修復基金にも気前よく寄付してくれたし、お屋敷を村のパーティーやイベントのために快く使わせてくれるわ」

またもやアガサの胸は嫉妬でうずいた。わたしをこんなふうにほめてくれる人がいるかしら？　過去にはさまざまな慈善事業への寄付金を集めるために奮闘したが、最近は仕事が忙しく、とんとごぶさただった。不況のせいで困窮した人々が去った家に、次々に新しい住人がやって来て、村のためにアガサが尽くした善行を覚えている人は、もうほとんどいないだろう。ゆうべ部屋にいる人たちにもっと注意を払っていれば、と悔やまれた。

「ジョン・サンデーには恋人がいたのかな？」チャールズがたずねた。

ペネロペは片方のピンクのスリッパを脱いで、ボリボリ親指をかいた。

「霜焼けなの」と弁解してから答えた。「噂はあったけど……あまりゴシップには関心がないから」

「思い出してみて」アガサは熱心に言った。

「遠慮しておくわ……悪意のある噂を伝えたと知ったら、ジャイルズが激怒しますから。ただ、ティリー・グロソップと親しいというのは聞いたことがありますけど」

「ティリー・グロソップはどこに住んでいるんですか？」

「広場の反対側です。〈偶然のできごと〉っていう名前の小さなコテージ」

「変わった名前だ」チャールズが言った。

「本人の方が変わってるわ。実際にロマの血が入っているとは思わないけどロマのようにふるまっていて、バングルとかショールとか、そういったものを身につけているの」

アガサは立ち上がった。「じゃ、さっそく彼女のところに行って話を聞いてきます」

「ちょっと待って」ペネロペがあせったように言った。「わたしから何か聞いたとは――」

「もちろん。ひとことだって言いません。ゆうべはここに来ていましたか？」

「いいえ、来なかった。あの人は教会にも来ていませんし」

「最近は教会に行く人なんていないんですか？」アガサは皮肉を口にした。

「あきれたわ、ミセス・レーズン。この村ではほとんどの人が日曜の礼拝に来ますよ」

アガサとチャールズはお互いに支えあいながら、雪をかきわけて広場の反対側に歩いていった。チャールズが言った。「滑《スリッピング》ってるぞ、アガサ」

「わかってる。このブーツは散歩用じゃないから」

「そっちの意味じゃない、見落としてるって意味だ。ゆうべ部屋にいなかった人間が一人いただろう？」

「誰？」

「牧師はどうだ？」

「ああ、いなかったわね」

「それに彼は癇癪《かんしゃく》持ちで、おまけに小男を殺してやると脅しつけた」

「彼のことは気になっていた」アガサは嘘をついた。「でも、そっちの線はあとで探ってみようと思ってたの」

「よく言うよ！」

「本当よ。さて、着いた」

〈偶然のできごと〉はとても古いコテージで、雪がどっさり積もった茅葺き屋根の下で、建物全体が前庭の方にかしいでいた。正面のふたつの窓はまるで目のようだ。

「急に暖かくなってきたな」チャールズが言った。「あちこちから雪が溶けて水が滴《したた》っている。しかも太陽も出てきたぞ」

アガサはベルを鳴らした。誰も出てこない。

「たぶんベルが壊れているんだ」チャールズが言った。「ドアをノックしてみて」

アガサはドアをドンドンたたいた。しかし、ドアをたたいたせいで屋根の雪がなだれを起こし、二人の上にドサッと落ちてきた。

「最低最悪、アッタマきた！」アガサはわめいた。

「あきらめよう。まいったな、雪が背中まで滑りこんできたぞ」

「何かご用？」背後で声がした。

二人はあわてて振り向いた。コートと二枚のショールにくるまり、毛糸の帽子を目深《まぶか》に下ろして着ぶくれした姿がこちらをにらみつけていた。

「あなたとちょっと話したいと思いまして」アガサは言った。「わたしはミリアム・コートニーに依頼されて調査をしている私立探偵なんです。こちらはサー・チャールズ・フレイス」

「そう、ミリアムのために働いているなら中に入ってもらった方がいいわね。だけど、コートは玄関ホールで脱いでください。雪まみれよ」

ティリーは二人の横をすり抜けて、ドアを開けた。玄関ホールというのは、長靴がちらばり、壁のフックにコートがかけられた狭いスペースだった。アガサは空いているフックを探したが、見つからなかったので、コートを脱ぐと、ぶらさがっている防水コートに重ねてかけた。チャールズは床に置いた。

ティリーはどこかに消えてしまった。二人はどうしたらいいかわからず立っていたが、ようやく声がした。「こちらにどうぞ」

声は左の方から聞こえた。二人はドアを開けて、散らかった客間に入っていった。暖炉で火がくすぶっている。その上のマントルピースには陶器のオーナメントがぎっしり並び、片側の壁はペーパーバックが詰まった書棚でふさがっていた。窓辺のテーブルにはパソコンとプリンター。イギリスの家庭でこよなく愛されているソファの三点セットは見当たらず、代わりに三脚の硬い椅子が低いコーヒーテーブルの前に並んでいた。

ティリーはコートやショールをとると――脱いだ服をどこに置いたのだろう、とアガサは思った――大柄な中年女性で、浅黒い顔に大きな黒い目、小さなくちばしのような鼻、薄い唇をしていた。黒いTシャツに毛玉だらけのウールのカーディガンをはおり、だぼっとしたスカートをはいている。

「で、何を知りたいの？」ティリーはたずねた。「すわってちょうだい」

アガサとチャールズは硬い椅子に腰をおろし、ティリーは暖炉に背を向けて二人の前に立った。

「あなたはジョン・サンデーの友人だそうですね」アガサはたずねたが、ブーツの中が解けた雪でビチャビチャなのに気づいて、惨めな気分になってきた。

「知り合いだったけど、それが何か？」

「彼には敵がいましたか？」

「もちろんよ、鈍い人ね。法と秩序を持ちこもうとする人には、必ず敵がいるものよ」

「とびぬけて脅威となるような人は？」

「そうね、キャリーかしら」

「キャリー・ブラザー？　飼い犬が広場で用を足した人ですね？」

「その人よ。牛みたいに図体の大きな女。兵隊みたいに下品な言葉で、かわいそうなジョンを罵《ののし》った」

「あなたはジョン・サンデーと深い関係だったんですか？」

「ただの友人よ」

「どういう共通点があったんでしょう？」

「わたしたちの共通点を教えてあげる」ティリーが悪意のこもった声で言った。「村人と呼ばれている口の悪い教区の虫けらどもに対する憎悪よ」

チャールズがようやく口を発言した。彼は穏やかにたずねた。

「村の人たちをそんなに嫌っているなら、どうしてここに住んでいるんですか？」

「向こうがあとから引っ越してきたのよ、わたしじゃなくて。ここは両親のコテージで、その前は祖父母が住んでいた。連中は村の暮らしを味わおうとして、やって来ては去っていく。というか、映画の中の村の暮らしにあこがれたんでしょ。家の値段が上がると、売って都会に戻っていく。ジョンが連中を困らせているのを見るのは痛快だったわ」

「殺人のあった夜に彼と会いましたか？」アガサはたずねた。

黒曜石のような目の奥で何かが揺らいだが、彼女はそっけなく答えた。「いいえ」

「彼を殺した犯人を見つけることに興味はありますか？」チャールズがたずねた。

彼女は肉づきのいい肩をすくめた。「警察が犯人を見つけられそうなら興味はあったかもね。でも、警察は見つけられないわよ」

「どうして？」アガサはたずねた。

彼女はにやっとして、とても白い義歯を見せた。

「容疑者が多すぎるから。さて、そろそろ、おひきとりいただけない？」

「彼女は嫌いだし、凍えそうだわ」車で走り去りながら、アガサはぼやいた。「家に帰って着替えたい。それから戻ってキャリー・ブラザーに当たってみましょう」

「いっしょにって意味かな？」

「帰るつもり？」

「会わなくちゃいけない人がいるし、行かなくちゃいけない場所があるんだ」

アガサは文句を言おうとしたが、彼を引き留める権利はないことに気づいた。チャールズはアガサの下で働いているわけではないのだ。

コテージの外でチャールズはアガサを降ろすと走り去った。戻ってくるとは言わなかったので、アガサはがっかりした。

中に入ると、アガサの掃除婦のドリス・シンプソンがせっせと仕事をしているところだった。アガサを見ると掃除機を止めた。「ひどいですね、あの殺人。ただ、自分でまいた種かもしれませんけど」

「着替えてくるわ」アガサは階段に向かった。

「濃くておいしいコーヒーを淹れておきますね」ドリスはアガサの背中に叫んだ。

アガサは熱いシャワーを浴び、乾いた服を着た。キッチンに戻ると、ドリスがテーブルにコーヒーのマグカップを置いた。「ジョン・サンデーを殺したがっている人について、何か聞いたことがある?」アガサは質問した。

「大勢の人がそう思ってたでしょう。でも、実行するとなると話は別です。うちの牧師さんみたいに。今、教会の上にツリーを立てて、村の通りに電球を飾ってますよ」

「困ったことにならない?」

「大丈夫、ジョンは安全衛生局で嫌われていたんです。なんでもごり押しして、同僚がやりたくもない仕事を増やしていたから」

「そこにも可能性があるわね」アガサは考えこんだ。「当然よ。安全衛生局の人は全員ろくでなしだと思っていたけど。彼は何者かを本当に怒らせた。でも、吹雪の中、小さな村までつけていく人がいるかしら?」

「コーヒーを飲んでくださいね。わたしは仕事をしてきます」ドリスはキッチンを出ていった。掃除婦のことが大好きな猫たちは、そのあとをトコトコついていった。アガサは苦い気持ちで二匹を目で追った。猫みたいなチャールズときたら、ミリアムにお追従ばかり言っていたし、裏切り者の猫たちは自分よりもドリスの方が好きみたいだ。

孤独が身にしみた。急にオドリー・クルーシスに戻って、一人で調べるのが億劫《おっくう》になった。

トニに電話することにした。ミセス・フリードマンが電話に出て、トニは外に出ていると言った。アガサはミリアム・コートニーとの契約書を書くように頼み、住所を伝えて速達で送ってもらうことにした。それからトニの携帯電話にかけた。

「そちらに向かっているところです」トニは明るかった。「今日は暇なんです。みんなクリスマスのために節約しているし、不景気の影響が少し出ているんじゃないかと思います。あと十分で着きます」

アガサは気分が明るくなった。トニの美しい外見や探偵としての有能ぶりに嫉妬することもあったが、彼女のことは好きだった。

トニは時間どおりにやって来た。顔は健康的につやつやしている。トニは十代後半のスリムな少女で、生まれつきのブロンドにきれいな肌、非の打ち所のないスタイルをしていた。「どんどん雪が解けていますよ」楽しげに報告した。「フィルはサンデーを殺すほど憎んでいる人がいないか、安全衛生局に調べに行きました。正確なところ、何が起きたんですか？」

アガサは抗議集会と、窓に死にかけたサンデーが見えたときの恐怖について語った。

「部屋を離れたのはミス・シムズとミリアム・コートニーだけだった。わたしはすごく退屈して考えごとをしていたから、あまり注意を払っていなくて。コーヒーでも飲む、それともすぐに出発する？」

「行きましょう。コーヒーはあとで。その村にはパブがありますか？」

「気づかなかったわ。どうして？」

「ゴシップをあれこれ聞けるかもしれません」


オドリー・クルーシスは黄色の太陽の下で輝いていた。あたりには雪解け水の流れる音が響いている。アガサは村の広場の近くに駐車した。今回は長靴をはいてきたので、ぬかるみをずぶずぶ歩き、村人を呼び止めてパブへの道順をたずねた。

「そりゃ、ちゃんと答えられねえな、あんた」指の節くれ立った老人が言った。

「それはまたどうして？」

「去年、パブは店じまいしちまったんだ」

「やっぱりね！」アガサは叫び、あたりを見回した。「また村の生活の中心が失われたのよ。それもすべて馬鹿げた禁煙法のせいで」

「でも新聞では、スーパーの安いお酒のせいだって言ってますよ」トニが反論した。

「新聞は政治的に正しいことしか言わないの。むかつくわ。禁煙法が施行されたとたん、パブがあちこちでつぶれはじめたのよ。行きましょ。あのぞっとするコリンズがこっちをにらんでいる」

コリンズ部長刑事は捜査本部車両の階段に立ち、二人をにらみつけていた。

「どこに行くんですか？」トニがたずねた。

「村の店よ。キャリー・ブラザーっていう人と話をしたいの」

その小さな店は薄暗く、陰気だった。カウンターの向こうの女性は、ミセス・ブラザーは店を出てすぐ左にある九番地のコテージに住んでいる、と教えてくれた。「あの人、コテージに名前出してないからね」女性はつけ加えた。

九番地は二階建てのクイーン・アン様式の建物だった。アガサはベルを鳴らし、たちまち聞こえてきた何匹もの犬の吠え声に眉をひそめた。「犬は一匹だけだと思ってた」彼女はつぶやいた。吠え声がいきなり止み、がっちりした女性がドアを開けた。小さなヨークシャーテリアを抱っこしている。

「ミリアムのために調べているという探偵さん？」キャリーはたずねた。「どうぞ」

「どうして知っているんですか？」居心地のいい一階の部屋に案内されながら、アガサはたずねた。

「ここでは噂はあっという間に伝わるの。で、どういうご用件かしら？」

「ジョン・サンデーについて」

キャリーはにやっとした。

「素直に認めるわ。わたしがやったの」

3

アガサは用心深く相手を観察した。キャリーは大柄な力のありそうな女性で、おそらく四十代後半。ボリュームのある茶色の巻き毛の大きな頭から、大きな手足に至るまで、何もかもが大きかった。

「車に忘れ物をしました」トニが言って、家から走り出ていった。

よかった、アガサは思った。警察に知らせに行くつもりね。

「どうやって殺したんですか？」アガサは相手を落ち着かせる穏やかな声を出そうとした。

「おすわり！」キャリーが犬に言った。

「他の犬はどこですか？」アガサは不安になってたずねた。

「これよ」キャリーがわきの小さなテーブルに置かれた装置のボタンを押すと、ふいに吠え声が部屋に響き渡った。スイッチを切った。

「役に立つの。泥棒撃退として効果満点よ。どうやってやったか知りたい？　念力よ」

アガサはまばたきした。「ね、念力？」

「わたしは強力な精神の持ち主なの。あのチビのヒキガエルが大嫌いだった。ゆうべ、彼がえらそうに村じゅうを歩き回っているところを見かけたから、両手を額にあてがい、キッチンの大きなナイフに念を送り、それを宙に持ち上げた。それから玄関ドアを開け、ナイフを牧師館の方向に送り出したの……」

ドアが勢いよく開き、トニがビル・ウォン、コリンズ、二人の警官を引き連れて駆けこんできた。

「あとはわたしたちに任せて」コリンズはアガサをにらみつけた。

「わたしはここに残るわ」アガサは言い返した。

「何を話していたんですか、ミセス・ブラザー？」

「ミスよ、悪いけど」キャリーはまた念力について語りはじめた。話が終わると、げらげら笑いだした。「あんたたちの顔ったらないわね」おかしそうに笑いころげている。「いい気分！」

コリンズは警官の一人に命じた。「ミズ・ブラザーを捜査本部車両に連れていき、公務執行妨害で逮捕して」

「あら、ちょっと待ってよ。冗談が通じないの？」キャリーが連行されながら文句を言った。ヨークシャーテリアは大きな胸にしっかり抱えたままだった。

コリンズはアガサに向き直った。「今後は邪魔しないでください、さもないとあなたも逮捕しますよ。さ、行きましょう、ウォン」

アガサとトニは二人を送り出した。コリンズがちょうどぬかるみで滑りやすくなっている場所にさしかかったとき、アガサは吠え声のスイッチを入れた。コリンズはぎくりとして飛び上がって足を滑らせ、戸口のぬかるみに尻餅をついた。アガサは装置のスイッチを切ると、トニを連れてコリンズのわきをすり抜けた。

「あの音はどこからするのかしらね、見当もつかないわ。じゃ」アガサは愛想よく言った。

二人は急いで車に向かった。「ビルと二人きりで話したかった」アガサは言った。

「これからどうします？」トニがたずねた。

「屋敷まで行って、ミリアムに会うわ。シャロンはどうしているの？」

「元気です」

アガサは車を領主屋敷の私道に乗り入れた。エンジンを切り、トニに向き直った。

「さっきシャロンのことをたずねたとき、『元気です』の言葉はちょっと沈んでいたわね。何かあったの？」

トニはため息をついた。「両親とけんかして、あたしの部屋にころがりこんできたんです。ご存じのように、うちは狭いし、なんだか息が詰まって。彼女は散らかし屋だけど、あたしはきちんとしておきたいタイプなんです。シャロンは髪の毛を頻繁にいろんな色に染めるものだから、洗面台やお風呂に染料が染みついちゃって。最近、しょっちゅう文句を言ったり、怒ったりして、すごくストレスがたまってます。彼女との友情は失いたくないけど」

「シャロンにもいいお給料を払ってるんだから、自分の部屋を借りられるはずよ」

「あたしからは提案したくないんです。放り出されたって思うだろうから」

「わたしから話してみるわ」

「それはしないで！　彼女のことで愚痴を言ったと知ったら傷つきます」

「そのあたりは如才なくやるわよ。今晩、部屋を訪ねるわ」

トニは内心でうめいた。アガサの言う「如才なくやる」というのは、他の人にとっては、ずけずけとものを言うということだった。

屋敷のドアが開いて、ミリアムが階段に立った。「いつになったら入ってくるつもり？」彼女は叫んだ。

「きっと、彼女がやったのよ」アガサはつぶやき、二人は車を降りた。

トニは玄関ホールを驚いて見回した。「すごいですね」

ミリアムは満面に笑みを浮かべた。「なんていい子なの。お嬢さんのこと、気に入ったわ、アガサ」

「トニは娘じゃありません。うちで働いている探偵です」

「まだとても若いし、とっても魅力的ね」ミリアムは含みのある笑みを浮かべて続けた。

彼女、わたしがレズビアンだってほのめかしているの？　アガサはいらっとした。だが、声に出してはこう言った。「もう少し隙間風が入らなくて暖かいところで話せませんか？」

「こちらへどうぞ」

廊下の突き当たりの小さなドアを開けて、羽目板張りの部屋に入っていった。すわり心地のいい椅子が並び、暖炉では盛大に火が燃えている。

「セントラルヒーティングは使えないの」ミリアムは言った。「アンティークにひずみが出るといけないから」

ここで本物のアンティークはあなただけでしょ、とアガサは内心で毒づいた。この屋敷は偽物だらけだった。

全員が暖炉の前にすわった。「一杯どう？」ミリアムが訊いた。

「コーヒーをいただけるとありがたいです」アガサは言った。

ミリアムは立ち上がり、暖炉のそばの刺繍《ししゅう》したベルのひもを引っ張った。

「これ、しゃれてるでしょ？　古いベルのひもがほつれたので、村の小柄な女性が新しいものを作ってくれたのよ」

「大勢の使用人がいるんですか？」アガサはたずねた。

「いいえ。掃除は二人の女性に来てもらっているけど、メイドは一人よ。ウクライナ人の女の子を住みこませているの」

ドアが開き、黒い服に白いエプロンと帽子をつけた小柄で小ぎれいな女の子が入ってきた。

「コーヒーを、ナターシャ」ミリアムが命じた。

「ヴィクトリア朝時代のメイドみたいな格好に不満はないのかしら？」彼女が出ていくと、アガサはたずねた。

「わたしが知るわけないでしょ?」ミリアムはそっけなかった。「訊いたことはないし。ああいうのが観光客に受けるのよ。アメリカで広告を出したら、観光バスのツアーがたくさん来るようになった。さて、要点に入りましょ。わたしはこの殺人事件の容疑者にされることが気に入らないのよ」

「ジョン・サンデーに死んでもらいたがっていた人間はとてもたくさんいるようです」アガサは言った。「わたしたちにできるのは聞き込みをするぐらいですね」

「だったら、わたしにもできるわ」ミリアムがうれしそうに言った。「村じゅうの人間を知っているから」

「これまでにわかったことは」とアガサは話を続けた。「ティリー・グロソップはサンデーと親しくしていて、おそらく関係があったかもしれない。キャリー・ブラザーは念力で殺したと冗談を言ったので、公務執行妨害で警察に逮捕された。牧師は教会でキャンドルをつけることを禁止されたので、サンデーを殺すと脅した。他には?」

「サマー夫妻とビーグル夫妻がいるわ」ミリアムが言った。「毎年たくさんの電球をコテージにぶらさげ、庭にはサンタのイルミネーションを飾っていた。悪趣味ったらないの! サンデーがそれを禁止したので、みんな喜んだほど。村の雰囲気をそこなうものね」

「禁止の理由は？」

「ああ、ほら……ありがとう、ナターシャ。トレイをテーブルに置いていって、あとは自分でやるから。電球は『引っ張り強度テスト』をしなくてはならないとか、カーボンフットプリントが鋲釘《びょうくぎ》を打ったブーツなみに大きいだとか、電線は危険だとか、いちゃもんをつけたわけ」

「そのうちの誰かが殺人を犯すことは考えられますか？」トニが質問した。

「連中に会いに行ってみて。みんな、年寄りでよぼよぼよ」

「それほど年寄りで弱っているなら、イルミネーションをどうやって飾りつけるんですか？」アガサがたずねた。

「フレッド・サマーはほぼ自分でやってる。彼は引退した建設業者なの。チャーリー・ビーグルは引退した電気技師。二人とも、どっちがたくさん電球をつけられるか張り合っているけど、あくまで友好的な競争よ」

「どこに住んでいるんですか？」アガサはたずねた。

「バジー・ストリートのはずれの二軒よ」

ミリアムはコーヒーを注いだ。コーヒーは安っぽい厚手の陶器のマグカップで出された。ミリアムは評判どおり裕福な女性なのか、それとも古い領主屋敷を観光客のためにディズニー的なアトラクションに変えてしまった人物なのか、どちらなのだろう、とアガサは考えこんだ。

「探偵として、とてもりっぱな成果を上げているようね」ミリアムは言った。「その見た目じゃ、まさかそうは思えないけど。チャールズによれば、あんたは犯人を見つけ出す天才だとか」

「これまでに数えきれない成功をおさめてきました」アガサは言いながら、ふいに、コーヒーカップをミリアムに投げつけてやりたいという衝動がこみあげ、必死に抑えつけた。

「わたしだって、とても優秀な探偵になれるはずよ。今度会ったら、チャールズに訊いてみよう」

「訊く機会はないでしょう」

「あら、今夜、彼にディナーに連れていってもらうの。すでに約束してあるのよ」

彼はあなたじゃなくて、わたしの友人なのよ、とアガサは歯ぎしりした。ミリアムの依頼を引き受けなければよかった。この女はアガサの生活に入りこんできて、友人を奪うつもりかもしれない。

だが、言葉ではこう言った。「ミルセスターに帰る前に、容疑者としてこの村で他に思いつく人がいたら教えてください。そろそろオフィスに戻らないといけないので」

「そうねえ」ミリアムはコーヒーカップに向かって眉をひそめた。それから明るい顔になった。「そうだ。すっかり忘れていた。メイ・ディンウッディがいたわ。彼女はおもちゃを作って市場で売っているの。サンデーは子どもが使うには安全じゃないと難癖をつけて、彼女のビジネスをつぶした。ああ、あの人、本当に怒ってたっけ」

「どこで会えますか？」

「店の裏の古い水車小屋の建物よ。そのわきの道をまっすぐ行って」

「彼女に会ってきます。行きましょう、トニ」アガサは立ち上がった。

「あとで訪ねていくわ」ミリアムが言った。

「それには及びません。他にも仕事があるので」アガサは言うと、玄関に向かった。

「こちらから連絡を入れます」


「アッタマきた」アガサはぶつくさ言いながら車に乗りこんだ。「ほんと、あの女はムカつくわ」

「クライアント全員を好きにはなれませんよ」トニが当然の意見を言った。「これまでにも、ぞっとする人がいました」

「雪はずいぶん解けるのが早いのね」アガサは言った。「これでホワイトクリスマスの期待は消えたわ」すでに夜の帳《とばり》が下り、大きな月が出ていた。

「今年のクリスマスもパーティーを開くんですか?」トニがたずねた。

「もう二度とごめんよ。あなたはクリスマスはどうするの?」

「サウサンプトンの母のところに行きます」

「いいわね。さあ、店だわ。ここに停めて歩いていきましょう」


古い水車小屋はいくつかの部屋に分割され、草の茂った池を見下ろしていた。アガサは正面ドアのわきの名前を確認して、ディンウッディと書かれた三号室のベルを押した。インターコムからか細い声が聞こえてきた。アガサは身分を名乗った。長い沈黙が続いてから、正面ドアが解錠された。

二人は中に入り、絨毯敷きの階段を上がって、めあての部屋に行った。開いたドアのわきで女性が待っていた。アガサの心は沈んだ。メイ・ディンウッディはナイフを突き立てるような女性にはとうてい見えなかった。おそらく六十代、少し猫背で灰色の髪、分厚い眼鏡をかけ、近眼らしい淡い灰色の目を細めてこちらを見つめている。

「生まれつきパーティー好き」とスパンコールで縫いとられたピンクのTシャツに、男性ものの茶色のカーディガンをはおっている。古着屋のファンなのか、それとも若い親戚の服をもらって着ているのだろうか、とアガサは思った。

「中にどうぞ」メイは言った。「この村の殺人事件をミリアムに頼まれて調べているそうね」

メイは少しさがって二人を通し、花と写真だらけの薄暗い部屋に案内した。池に面した四角い窓があり、水面を照らす月の光がゆらめきながら部屋の中まで入りこんできている。

「コートをお預かりするわ」メイが言った。その声にはスコットランドの訛りがあった。「ここのセントラルヒーティングはよく利くから。ええと、コーヒーは?」

「今日はもう大量のコーヒーを飲みましたので」アガサは断った。コーヒーテーブルに大きなガラス製の灰皿が置いてある。「吸ってもかまいませんか?」

「どうぞ。わたしも喫煙者なの。わたしたちは迫害されている人種よね。まず禁煙法で村のパブが店じまいして、今度は飛行機でも禁煙になり、換気されないから、エンジンから漏れる汚れた空気をじわじわと吸う羽目になっている。パイロットは脳障害で訴えようとしているけど、いつも口を封じられてしまう。この政治的に正しい過保護な国は大嫌ぃよ」

アガサは肘掛け椅子にすわり、一本メイに差し出してから自分の煙草に火をつけた。まもなく、部屋じゅうに煙が帯になって漂った。トニは窓辺の椅子にすわっていたが、部屋は暑くて息苦しいし副流煙を吸いたくなかったので、窓を開けようとした。

「さて」アガサは切りだした。「サンデーともめたと聞きましたけど」

「たしかに。あの男はぞっとする人間だった。わたしのビジネスをつぶし、おもちゃは安全じゃないって難癖をつけた。だけど、わたしは勝ったの！　あいつを法廷にひきずりだして、わたしのおもちゃはどれもちゃんと作られていて、子どもが飲みこんで窒息する危険はないことを証明したのよ。安全衛生局はわたしに賠償金を払わなくちゃならなかった」

「ひとつ疑問があります」アガサは言った。「どうしてその後も局は彼を雇い続けたんですか？」

「想像もつかないわね」

「あなたを抗議集会で見かけた記憶がないんですが」

「判決の結果に満足したから、もう行く気になれなかったの。だいたい集会を企画したのはペネロペだし、無能っていうのがあの人のミドルネームだから。ただすわってしゃべるだけで、何も出てこないだろうってわかってた」

「彼を殺そうとするほど、村で腹を立てていた人を思いつきますか？」

「正直なところ、見当もつかない。ミルセスターを調べるべきよ。こんなさびれた村より、大きな町の方が殺人犯を見つけられる可能性があるんじゃない？」


「ずいぶん遅くなったわね」アガサは運転しながら嘆いた。「うちで降ろすから、あなたは自分の車で帰って。おなかがぺこぺこ。家で何か食べていく？」

「いえ、けっこうです」トニは過去にアガサの料理を食べたことがあった。

「そう。あとで訪ねていくわね。シャロンのことで何かできると思うから」

「自分で対処できます」

「いえ、無理よ。じゃあ、またあとで」


チャールズはミリアムをディナーに招待していた。ひとつには探偵ごっこをしたかったからで、もうひとつにはアガサをいらだたせたかったからだ。店はミルセスターの中心部にあるフレンチレストランだった。

意外にも、ミリアムはまったくドレスアップしてこなかった。洗いざらしのセーターとくたびれたスカートという服装だった。「まだ話は始めないで」ミリアムはメニュー越しにチャールズを見た。「わたしは食べることが大好きだから、注文に集中したいの」

それぞれ、料理ひと皿とコーヒーですませたいと思っていたチャールズは――アガサには何度も使ってきた手だったが――財布を忘れたと言うことにした。ミリアムが前菜に一ダースのエスカルゴを、メインにはイシビラメとアスパラガスを注文するのを聞いて、その決意はいっそう固くなった。イシビラメは目玉が飛び出るほど高かったのだ。

チャールズは質素なサラダとペッパーステーキにした。ミリアムは自分がワインを選ぶと言い張った。「わたしはかなりワインに詳しいの」

彼女はワインリストを眺め、楽しそうに言った。「じゃあ、わたしたちの友情の始まりを祝いましょう、チャールズ」そしてビンテージのシャンパンを注文した。

「いつご主人は亡くなったんですか？」チャールズはたずねた。

「亡くなってないわ。まだ生きている。未亡人の方が聞こえがいいでしょ。そう言って、彼をベッドに連れこんだの。運には恵まれなかったけどね。彼の前の夫もろくでなしだったし、その前の夫も似たようなものだった」

「何度結婚したんですか？」

「三回だけ。あなたは？」

「一度。うまくいかなかった」

「アガサはどうなの？」

「二度です」

「彼女について話して」

「アガサ・レーズンについて知りたいなら、直接たずねてください。友人についてあれこれ噂したくないので」

ミリアムのエスカルゴが運ばれてきた。とても大きなエスカルゴだった。ひとつずつ殻から取り出すと、口に放りこみ、うーんと言いながらもぐもぐ嚙んだ。

「殺人事件については？」チャールズは水を向けた。「あなたがやったんですか？」

「あきれた！　ちがうわよ。でも必死に考えていたら、誰がやったのか閃《ひらめ》いたの」

「誰です？」

彼女が二叉のエスカルゴ用フォークをいたずらっぽく振ったので、ガーリックバターの滴がチャールズのシルクのネクタイに飛び散った。

「知りたいでしょ？　でも、これだけは言っておくわ。明日、アガサ・レーズンとの契約をキャンセルして、警察に行くつもり。ブランデーをとってきたとき、あるものを見たの。そのときは気に留めなかった。あまりにも、ありえないことに思えたから。だけど――」

しかし、ミリアムは食べながらしゃべるという過ちを犯し、エスカルゴが喉に詰まった。

彼女が必死に何か言おうとしているのをチャールズは茫然として眺めていた。有能なウェイターが走り寄ってきて、ミリアムを立ち上がらせるとハイムリック法をおこなった。エスカルゴが口から飛び出してきて、チャールズの膝に着地した。

ミリアムはウェイターに何度もお礼を言い、シャンパンをあおった。

「ごめんなさい、チャールズ。もう帰った方がいいみたい。あのウェイターにたっぷりチップをあげるのを忘れないでね」

チャールズは反論しようとしたが、ミリアムは驚くべき速さでレストランを出ていった。

この店ではイシビラメ用に持ち帰り袋を用意してくれるだろうか、とチャールズは思案した。

アガサはトニの小さな部屋に入っていき、シャロンをじろっと見た。彼女はソファに寝そべっていた。シャロンは明るく元気のいい少女で、どんな天候だろうと、いつも開いた襟ぐりから豊かな胸の谷間をのぞかせていた。毎週、髪の色が変わり、今夜は燃えるような赤だった。彼女の前のテーブルにはピザの空箱と、つぶれたビール缶がふたつころがっている。

「事件について、簡単に打ち合わせしたいと思って訪ねたの」アガサは言った。「帰らなくてけっこうよ、シャロン。うちの従業員なんだから、あなたにも関係があるし」

「帰るとかないの。あたしは今、ここに住んでいるから」シャロンは言った。

「だけど、あなたの部屋はないでしょ！」

「そんなの、トニは気にしません。友だちだもん」

「それにしても、どうして実家を出てきたの？」

「パパとすごい大げんかしちゃって」

「なぜ？」

「マリファナ吸ってるところを見つかっちゃったから」

「シャロン！　通りで売っているドラッグは危険よ」アガサはクマみたいな目でじっ

とシャロンを見つめた。「仕事は好き、シャロン?」

「もちろん」

「だったら、ドラッグは禁止。それから荷物をまとめて家に帰ること。この散らかりようを見なさい! トニは何も言っていないけど、これがストレスになっているのは一目瞭然よ」

「家には帰りたくない」シャロンは泣き声になった。

「部屋を借りられるだけのお給料は払ってるでしょ」アガサは言った。「いっしょに来なさい。今夜ここを出るか、明日、仕事を辞めるかよ」

「トニ!」シャロンが助けを求めた。

「何も言わないで」アガサは言った。「荷物をまとめて——今すぐ!」

シャロンの両親の相手を終えたとき、アガサはぐったり疲れていた。シャロンをクビにはしたくなかった。彼女には探偵の仕事に天性の才能があったからだ。ちょうど車に乗りこもうとしたときに電話が鳴った。チャールズからだった。アガサは中断したディナーについての説明を笑いをこらえながら聞いていたが、ミリアムが犯人の正体を知っていると言ったと聞いたとたん、笑いはひっこんだ。「明日、あっちに行って彼女から聞きだしてくる」アガサは言った。

ミリアムは文芸作品をベッドで読んでいた。ちっともおもしろいと思わなかったが、ブッカー賞にノミネートされていたので、最近の文芸作家についての知識で周囲を感心させたいという見栄から読んでいた。ベッドに入る前にペネロペ・ティムソンに電話して、殺人犯の正体がわかったと知らせた。ペネロペは名前を教えてと言ったが、ミリアムはいずれわかるから、と応じた。ただ、今になるとあまりにも荒唐無稽で、すべて想像にちがいないという気がしてきた。

ドアベルが鳴った。ナターシャが応対するのを待ったが、バーミンガムのクラブに行くと言っていたことを思い出した。そこで、にやっとした。たぶん、あのレーズンだわ。チャールズが彼女に電話したにちがいない。

ベッドから出ると、ガウンをはおりスリッパをはき、階下の玄関に向かった。ドアベルがもう一度鳴った。「今行くわ!」と叫んだ。

防犯アラームを切ると、ドアの鍵を開け、かんぬきをはずした。夜になってぐっと冷えこんでいて、積もった雪が凍りはじめていた。外には誰もいなかった。玄関を出て、私道の前方を、それから左右を見回した。夜の静寂の中で、動くものはひとつもなかった。

「たぶん、子どものいたずらね」ミリアムはつぶやいた。それでも中に入って、強力な懐中電灯をとってきた。また外に出ていき、子どもたちが私道の両側のやぶに隠れているかもしれないので、あたりを照らしてみた。フクロウがホーホーと悲しげに鳴いた。

ミリアムは家の中に戻った。防犯アラームをまたセットし、ベッドに戻る。本をとりあげ、読書を再開しようとしたとき、電気が消えた。ミリアムは手探りで寝室のドアまで歩いていき、頭上のライトのスイッチを入れた。明かりはつかなかった。

オドリー・クルーシスではこれまでたびたび停電が起きていた。しかし、階下のブレーカーまで行き、トリップスイッチが入っているかどうか確認した方がよさそうだ。懐中電灯を二階に持ってくればよかったと思いながら、手探りで玄関ホールまで下り、そこに置いたはずの懐中電灯を探したが見つからなかった。キッチンにはキャンドルがあったので、そちらに向かった。月光がキッチンをこうこうと照らしだしている。キャンドルとマッチをしまってある引き出しを開け、一本に火をつけた。片手にキャンドルを握り、炎をかかげてブレーカーボックスを開けた。そのとき重いもので後頭部を一撃された。キャンドルが手から飛んでいき、コンロの油入れの中に落ちた。

メイドが車でオドリー・クルーシスに戻ってきたとき、空が赤々と輝いているのが見えた。一台の消防車が彼女の車を追い越していき、さらにまた一台が走り過ぎた。領主屋敷の私道に曲がりこむと、屋敷全体が炎に包まれていた。ナターシャはUターンをして大急ぎで走り去った。朝になったら、辞めさせてほしいとミリアムに言うつもりでいた。アルバニアからの不法移民だったので、じきに警察にその事実が突き止められると思ったのだ。ジョン・サンデーの殺人事件後は警察も彼女にあまり関心がなさそうだったが、この火事のせいで注目されるにちがいない。所持品はすでにミリアムが買ってくれたオンボロのフォードに積みこんであった。本名はブレータだったが、ミリアムはこう言ったのだ。「ナターシャと呼ぶことにするわ」そしてブレータはそれを承知した。ミリアムは不法滞在者だと疑っているにちがいないと思ったので、安い賃金もメイドの制服を着ることも受け入れた。ブレータはバーミンガムに戻って、友人たちのところに泊めてもらうことにした。

あまりにもあわてていたので、逃げたことで放火の容疑をかけられることまで頭が回らなかった。

トニはシャロンが出ていくと部屋の掃除にとりかかった。アガサはあんなに高圧的な態度をとらなくてもよかったのに、とうしろめたく思った。トニはシャロンのことが好きだった。シャロンはトニにはないすべてを持っていた——大胆さと厚かましさと自信、そして次から次に新しいボーイフレンドと楽しげにつきあった。かたやトニは本を読み、恋愛について夢を見るだけだった。

トニは不安だった。一週間前にシャロンとクラブに行くと、シャロンはバイカーたちといちゃついていた。連中は言葉遣いが悪く、お酒をがぶ飲みしていたので、トニは早めに帰ってきた。シャロンが悪い仲間にひきずりこまれませんように、とトニは祈った。

家に帰ってチャールズが待っているのを見て、アガサは不機嫌になった。疲れていたし、何か食べて早く寝たかった。チャールズがディナーについて洗いざらい話してくれたので、ようやく気分が直った。「日頃のツケが回ってきたのよ」アガサは手厳しかった。「あなたと肩を並べられるぐらいケチな相手に会ったわけね」

「それだけじゃないんだ」チャールズは言った。「猫を庭に出してやったら、オドリー・クルーシスの方角で空が真っ赤になっていた」

アガサは庭のドアを開け、外に出た。たしかに空が赤く輝いている。キッチンに戻ってきた。「何か起きたのよ。向こうに行ってみた方がよさそうね」

「わたしが運転しよう」チャールズが言った。

アガサが車に乗りこもうとすると、チャールズは助手席からアルミホイルの包みをどかした。

「まさか！」アガサは魚の匂いを嗅ぎつけて叫んだ。

「いや、当然だろ。わたしが支払いをしたんだし、イシビラメの料理をむだにしたくないからね」


二人が領主屋敷に着き、敷地の境になっている塀の上に登ってのぞいたとき、ちょうど屋根が崩れ落ちるのが見えた。

警官と消防士がいて、それ以上は近づけなかった。

「彼女は何か知っていると言っていたんだ」チャールズは言った。「何かつかんだと。最初は、ありえないことのように思えたって。それから、きみとの契約をキャンセルするつもりだと話していた」

「火事から逃げられたのかしら。それに、メイドはどうしたの？」

「あの子はいなくなったわ」下から声がした。アガサは塀から下り、股関節は大丈夫だったのでほっとした。もっとも、これ以上の注射はできないし、早急に股関節の手術をするように医師から忠告されていた。

牧師の妻ペネロペが古いツイードのコートにくるまって、そこに立っていた。

「わたしが歩いてきたら、メイドの車がすごい勢いで反対方向に走り去っていったの。それを警察に話したら、道路を封鎖したみたい。だけど、あの子は火事とは関係ないって、警察に証言したわ。だって、わたしが燃えている屋敷に歩いていたとき、彼女の車が屋敷に向かって走っていき、そこで方向転換して走り去ったのを見たから」

「ミリアムが死んだら、誰が彼女の死で利益を得るのかな」チャールズが言った。

「彼女は三回結婚しているんだ」

「息子と娘のことを話してたけど」

「そのとおりよ」キャリー・ブラザーが加わった。「二人ともアメリカにいるみたい」

チャールズはあくびを噛み殺した。

「行こう、アギー。これ以上近づけそうにないし、今夜はもう情報が得られそうにないよ」

4

アガサはテレビで科学捜査のドラマを見るのが大好きだったので、現実の鑑識作業がこれほど時間がかかることには驚かずにいられなかった。クリスマスがやって来て、去っていった。ただの一日でしかない、と自分に言い聞かせながら、独りぼっちのクリスマスをやり過ごした。それから風の強い一月、凍てつく二月、やがて三月になり、おずおずとイギリスの春が始まりかけた。

最近、アガサはずっと延期していた股関節の手術を受けた。活動的な生活のおかげで、すぐに回復し、手術のことはすべて頭から消し去った。自分自身にすら手術が必要だったことを認めたくなかったのだ。「人工股関節置換術」という言葉は、まさに老いを声高に叫んでいるようなものではないか。

パトリック・マリガンは情報源から、ミリアムはハンマーのようなもので後頭部を殴られて殺された、と聞きこんできた。火災調査官は電気が切られていたことを発見した。キッチンのアーガ製オーブンが出火元だった。

無理やり侵入した形跡はなかった。メイドは発見され、尋問され、疑いが晴れて国外退去になった。アガサは他の事件でとても忙しかったので、その事件への関心は消えてしまった。おもに金銭的な理由からだ。調査費用は今後、誰も支払ってくれそうにないし、イギリスは不況だったし、探偵事務所は儲かる仕事をできるだけこなさねばならなかった。

三月の風の強い日曜日、コッツウォルズではこれまで記憶にないほどたくさんのスイセンが咲き乱れていた。アガサがドアを開けると、長身のイケメンが戸口に立っていた。たちまち、アガサはメイクをまったくしていなかったことを後悔した。

「ミセス・レーズン？」

「ええ。あなたは……？」

「ぼくはトム・コートニーです。ミリアムの息子の」

「どうぞお入りください」アガサは彼を中に通した。「まっすぐキッチンにどうぞ」リビングにはお客を案内したくなかった。というのも椅子がやわらかくて、いったんすわると立ち上がるのにひと苦労だったからだ。

「魅力的なコテージにお住まいですね」彼は言った。

トムは長身で軽く日焼けし、黒髪で茶色の目をしていた。たぶん年の頃は四十代前半だろう、とアガサは見当をつけた。

「どうかおすわりください」アガサは言った。「このたびはご愁傷様でした」

「まあ、そうですね。でも、父とはとても仲が良かったんですが、母とはほとんど会っていなかったので」

「今、アメリカに住んでいらっしゃるんですか？」

「ええ、ニューヨークに」

「妹さんがいらっしゃるとか」

「エイミーです。まだアメリカにいます。フィラデルフィアの医師と結婚したんです」

「お二人のどちらとも葬儀でお会いしませんでしたね」

「こっちに来られなかったんです。もちろん、葬儀の費用は払いましたし、手配は向こうからしましたが」

「そうでしたか。どうしてそんなにお母さまと疎遠だったんですか？」

彼は肩をすくめた。「気の毒な父をものすごく苦しめたからです。ぼくたちが小さいときに、父は心臓発作で亡くなりました。その後エイミーとぼくは何人ものナニーに育てられて、それからスイスの学校に送られたんです。そしてアメリカの大学に。ぼくたちはほとんど家に帰らなかった。実際、母がこっちに引っ越したのでほっとしました。ぼくは弁護士をしています」

「で、どうしてわたしに会いにいらしたの？」

「中途半端のままだから。母はすべてをエイミーとぼくに遺した。莫大な財産を。母は吝嗇《りんしょく》でした。ぼくたちを金のかかる学校に行かせたけれど、それ以外では安い食事に文句をつけたり、できるだけ他人に支払わせたり、そんな感じで。でも、誰が母を殺したのか知りたいんです。そうすればまた前に進んでいける。母はジョン・サンデー殺害の犯人を見つけるためにあなたを雇ったと聞いたので、母を殺した犯人を見つけるために雇いたいんです」

「ベストを尽くすわ」アガサは答えた。「ジョン・サンデーを殺した犯人を見つければ、お母さまを殺した人間もわかる気がするんです。殺された夜に、わたしの友人に犯人について何かわかったと話したそうですから」

トムはアガサに微笑みかけた。ハンサムな顔がパッと明るくなる魅力的な笑みだった。メイクをしていないばかりか、テントみたいなブラウスにコットンのスカートとスリッパという格好をしていることが痛いほど意識された。

「ちょっと失礼していいかしら？」アガサはそろそろと立ち上がった。股関節の痛みがぶり返すのではないかと、常に恐れていたのだ。

「人工股関節置換術をしたんですか？」彼は心配そうにたずねた。

「とんでもない！」アガサは嘘をついた。「ちょっところんだだけよ」人工股関節置換術なんて、冗談じゃない。あまりにも年寄りじみている。

二階に行くと、ていねいにメイクをして艶が出るまで髪をブラッシングした。パンツスーツに着替えようとしたとき、ドアベルが鳴った。トムが階下から叫んだ。

「ご心配なく。ぼくが出ますよ」

ようやく階下に行くと、キッチンから笑い声が聞こえてきた。ドアを開けて入っていった。トニがトムと向かい合わせにすわっていた。ブロンドの髪は妖精みたいなショートに新たにカットされ、目がいっそう大きく見えた。黒いセーターとジーンズにハーフブーツをあわせていた。深紅のダウンジャケットが椅子の背にかかっている。

「お手伝いしましょうか？」トニはさっと立ち上がった。「人工股関節置換術はどうでした？　順調に回復してます？」

「人工股関節置換術って何？」アガサは相手の言葉を制した。「別の話題にしましょう。あなたたちはもう紹介がすんだのね？」

「もちろん」彼はほとんど訛りのない英語で言った。「私立探偵がテレビから抜け出てきたみたいな美人だとは思ってもみませんでした」

「アメリカ訛りがないですね」トニは言った。

「今、ミセス・レーズンに説明したんですが、ぼくはスイスの学校に行ったので、アメリカ訛りを身につけなかったんです」

「ミスター・コートニー」アガサが切りだした。

「トムと呼んでください」

「わかったわ。わたしのことはアガサで。これが名刺です。月曜の朝にオフィスに来ていただければ、契約書を作ります。では、これまでにわかったことをお話しします」

アガサは簡潔にすべての調査について語った。話し終えると、トニが言った。

「ビーグル夫妻とサマー夫妻のことを忘れてますよ。あたしが話を聞いてきたんです」

「そうね。だけど、たしか、たいして得るところがなかったんじゃなかった?」

「とても年寄りでギクシャク歩いていましたから」

トムは微笑んだ。「本当に?　きみの年だと、ぼくやアガサはものすごく年寄りに思えるんじゃないかな」

何かを投げつけたい、とアガサはいらっとした。

「いえ、そんなこと」トニは魅力的に頰を染めた。「あたしが言いたいのは、あなたもアガサも年寄りじゃないってことです」

「いい子だ」トムは笑った。

「結局、クリスマスのイルミネーションは飾ったの?」アガサはたずねた。それからトムに説明した。「クリスマスのたびに、コテージはクリスマスイルミネーションで飾られていたんですけど、ジョン・サンデーが去年のクリスマスにそれを禁じたんです。ビーグル夫妻とサマー夫妻は激怒した。彼が殺されたあとでイルミネーションを飾りつけたのかしらね、トニ?」

「さあ、あたしが訪ねたときには飾ってませんでしたし、それっきりオドリー・クルーシスに行っていないので」

「屋敷は建て直すつもりですか?」アガサはトムに訊いた。

「いえ、焼け跡は建設業者に売ります。ブルドーザーで更地にして住宅を建てるつもりのようです」

「家には保険がかけてあった?」

「ええ、高額の」

アガサはたずねた。「お母さまが殺された夜にどこにいたか、警察に訊かれたでしょう？」

「もちろん。ぼくは休暇でケイマン諸島にいました。大勢の目撃証人がいます」

またもやドアベルが鳴った。「忙しい方ですね」トムが言った。

「あたしが出ます」トニが言った。

彼女はロイ・シルバーを連れて戻ってきた。ロイはアガサがPR会社を経営していたときの部下で、今も相変わらずPR業界にいた。田舎に来るのでスポーツジャケット姿だったが、その下に「すぐに殺せる」というロゴのついたTシャツを着ている。とてもやせて貧相な青ざめた顔でコシのない髪を短くカットし、ジェルでスパイクへアにセットしていた。

「アギー、ダーリン」彼は言うと、アガサの頬にキスした。「予備の部屋にバッグを置いてきます」

トムがおもしろそうな顔をするのが目に入ったので、あわてて言った。

「この若い友人は、以前わたしの会社で働いていたんです。電話してくれればよかったのに、ロイ」

「突然来たくなって。新聞でコッツウォルズの騒ぎについて残らず読んだんですけど、続報もなかったし。クリスマスには呼んでくれるかと思ってたんですよ。だから、一人わびしく過ごしました」

「知り合いはみんなクリスマスの予定がもう入っていると思ってたから」アガサは弁解した。

ロイは二階に上がっていった。アガサは言った。「オドリー・クルーシスに行って、また一から調べたいと思います。あなたを休日に働かせるのは気が進まないから、何がつかめたか、また月曜に知らせるわね、トニ」

「いえ、暇ですからいっしょに行きます」トニは屈託なく答えた。

アガサは心の中でロイとトニを恨んだ。これではトムと二人きりになれるチャンスがない。

ロイが戻ってくると、アガサは言った。「わたしたちはこれから調査に出かけるけど、あなたはここにいてかまわないわよ」

「やだな、アギー、よく二人でいっしょにあちこち調べ回ったじゃないですか。今日からとりかかるんですか？」

「メモをとってくるわ。それから二手に分かれましょう」

アガサは戻ってくると言った。「まず、トム、あなたは宿泊しているところに戻って結果を待ちますか？　そもそも泊まってるのはどこですか？」

「ミルセスターの〈ジョージ・ホテル〉です。だが、ぼくもいっしょに行きたいな」

アガサはうれしそうな顔になり、メモを調べた。「けっこうです。トニ、あなたとロイはティリー・グロソップにもう一度会いに行ってちょうだい。あなたになら心を開くかもしれない。トムとわたしはビーグル夫妻とサマー夫妻に会ってくる。時間のむだかもしれないけど、自分の目で四人を見ておきたいの」ドアベルが甲高く鳴った。

「そのままで。あたしが出ます」トニが玄関に走っていった。

彼女はミセス・ブロクスビーを連れて戻ってきた。「しばらく会っていなかったでしょ」牧師の妻は言った。「どうしているかと思って」

股関節についてまた何か言われたくなかったので、アガサは友人にあわてて目配せした。ミセス・ブロクスビーは初めてトムの存在に気づいた。アガサは二人を紹介した。

また舞い上がってるのね、とミセス・ブロクスビーは思った。心配するべきなんでしょうけど、ミセス・レーズンにはときめきを与えてくれる男性が必要なんだわ。

「みんなで調査に出かけるところなの」アガサは言った。

「それだったら、すぐに失礼するわ。でも、そのあとみなさんで牧師館にお茶に来て、進展があったら教えていただけない？」

アガサはトムの車を見て、自分の車を運転することにした。レンジローバーだったので、高い座席に上がることを考えただけでぞっとした。まだ天気はよかった。青い空、黄色のスイセン、ピンクの桜、古いコッツウォルズの石壁から生えている名前を知らない紫の花。

「ロイ青年は親しい友人のようですね」トムが言った。

「ええ、そうね」

「エイズがうつらないか不安じゃないですか？」

アガサはあわや溝にはまりそうになった。車を停めると、押し殺した声で言った。

「わたしとロイは恋人同士じゃないし、彼がゲイかどうかも知らない。訊いたことは一度もないし、わたしには関係のないことだから。それに、もしそうだとしても問題ないわ」

「しかし、濃厚接触している」トムは指摘した。

アガサは彼をにらみつけた。「あなた、トイレの便座でエイズに感染すると考えるほどの潔癖症なの？」

「すみません」トムはつぶやいた。「あなたがリベラルだとは思わなかった」

「あなたの目の前にいるのはね、政治にはまったく関心がなくて、常識はたっぷりあるけど、都市伝説とか出所の怪しい脅しには一切耳を貸さない女性よ。じゃ、先に進みましょうか？」

アガサは無言で車を走らせた。トムへの興味は消えていた。オドリー・クルーシスに入ると、トムが言った。「さっきはあんなことを言って悪かった。親友をエイズで失ったんです」

「何があったんですか？」アガサはとげとげしくたずねた。「彼女はボーイフレンドに病気をうつされたの？」

「彼です。エイズで亡くなった。辛いできごとでした。それ以来、あの忌まわしい病気を恐れているんです」

「そう、それなら理解できるわ」アガサは気分を少し直した。「さあ、着いた。ビーグル夫妻が最初のコテージに住んでいるはずです」

コテージはかつて農場労働者の住まいだったように見えた。赤いレンガ造りで、スレートの屋根がついている。玄関ドアに通じる小道も赤いレンガ敷きだった。狭い前庭では、見事なマグノリアの木が花をつけはじめている。

アガサはベルを押した。年配の男性がドアを開けた。小柄で猫背で、よれよれのシャツと染みだらけのだぶついたズボンに二枚のセーターを重ね着していた。顔は皺だらけだ。薄青色の目がアガサを見た。「ああ、あんたかい。詮索好きの」

「こちらはトム・コートニー、ミリアムの息子さんです」アガサは言った。

「ああ、心からお悔やみを申し上げますよ。どうぞ入ってください。女房は今日、ちょっと具合が悪いんだが」

「どうしたんですか？」トムがぎくりとしたようにたずねた。

「軽い風邪をひいてね」

「ぼくは車で待っていた方がよさそうだ」トムは不安そうだった。

「ただの風邪でしょ！」アガサは叫んだ。「ペストじゃないのよ」

「わかりましたよ」彼はしぶしぶ承知した。

ミセス・ビーグルは暖炉のそばの肘掛け椅子にすわりこんでいた。部屋は尿と石炭の煙と冬緑油《とうりょくゆ》のシップ臭が強く漂っている。

「ミリアムの息子さんだよ」夫が言った。

ミセス・ビーグルは夫と同じように着ぶくれし、やはり少し猫背で皺だらけだった。

アガサは容疑者リストから夫妻を消去した。通りを渡るだけでも苦労しそうだし、ジョン・サンデーを殺すなどありえなかった。

アガサは見回したが、狭い客間にはすわる場所はなかった。チャーリー・ビーグルは妻の向かいの肘掛け椅子にすわりこんだ。オンボロのソファがあったが、そこには二匹の大型犬が眠そうに寝そべっていた。

「火災になる前に、屋敷の周辺で誰かを見かけましたか?」アガサはたずねた。

「真夜中だぞ!」チャーリー・ビーグルが言った。「わしらは寝とった。朝まで何も知らなかった」

「ジョン・サンデーの件ですが」アガサは追及した。「あなたたちは抗議集会に来ていましたね」

「まったく役に立たない集まりだったよ」ミセス・ビーグルが口を添えた。「ワイワイ、ガヤガヤしゃべるばっかりで。あのぞっとする男に対して何もできなかったんだ」

「ミリアムとミス・シムズ以外に、誰か部屋を出ましたか?」

「わしは気づかなかった」チャーリーは言った。「わしも女房も以前ほど目がよくないからな。でも、はっきり言って、サンデーを厄介払いできてほっとしたよ。あいつはわしらにクリスマスイルミネーションを飾るのを禁止したんだ。毎年飾っていたんだぞ。〈コッツウォルズ・ライフ〉にも載った。見せてやろう。写真を送ってくれたんだ。フレッド・サマーのイルミネーションも載った」

彼は雑誌や新聞や写真がうずたかく積まれた窓辺のテーブルによたよた歩いていった。

「ほれ、これだ。見てみるがいい！」

アガサは二軒のコテージが写るカラー写真を見た。コテージの外側はクリスマスの電球に覆われていた。ビーグル家はプラスチックのサンタとトナカイを屋根に飾り、サマー家は前庭にキリスト生誕のイルミネーションを飾っていた。一度だけ『マクベス』の舞台を観たことがあるアガサは思った。たぶんジョン・サンデーが生涯で成し遂げた唯一のすばらしいことは、このぞっとするイルミネーションを消させたことだけだっただろう。

そのとき、彼女のクマみたいな目が鋭くなった。もちろんチャーリーはプラスチックのサンタを屋根に上げたり、こうした電球をすべて吊したのだから、それほど弱々しいはずがなかった。

「大変な作業ですね」アガサは言った。「ものすごく時間がかかったことでしょう」

「ああ、十月末から始めるんだ。ちょっとずつな」

「それに、一人であのサンタを屋根に上げたんですか？」

「簡単さ。天窓があるから。窓から外に押し出すだけでいいんだ」

「何かたずねたいことはありますか？」アガサはトムを振り返った。彼は口と鼻をハンカチで覆って立っていた。

彼は布地の下から「いや」と答えた。

二人はいとまを告げた。「心から感染を恐れているんですね」アガサは外に出ると言った。

「風邪が大嫌いなんだ」

「サマー夫妻に話を聞いても得るところはないかもしれませんね。でも、もしかしたら何か見ているかもしれない」

「ぼくは外で待っていてもかまわないかな？」

「いいですとも」アガサのトムへの関心は刻一刻と薄れていった。

サマー夫妻はビーグル夫妻とまるでそっくりだったが、フレッド・サマーの方が元気そうに見えた。彼の妻も風邪をひいていて、激しく咳き込んでいた。アガサは空中に細菌がうようよしている気がして、トムに共感を覚えはじめた。

フレッドの話はチャーリー・ビーグルとほぼ同じだった。彼らは牧師館を訪ねたが、サンデーの件で何かが解決されると期待してというより、お茶とケーキが目当てだった。ひとつだけ新しい情報がつかめた。フレッドとチャーリーはクリスマスにどちらがより派手なイルミネーションを飾るか、ずっと競い合っていたが、年をとるにつれ、互いに手伝うようになっていた。

アガサは礼を言って家を出た。トムは外に立っていて、そよ風に髪を乱されている。とびぬけてハンサムだったので、アガサは胃がぎゅっとひきつれる気がした。セックスを楽しんだのははるか昔のように感じられ、鼓動が速くなる気がした。

トニとロイが急いでこちらにやって来た。トニは興奮していた。

「ティリー・グロソップは外出していました。でも、隣人のミセス・クリンチが話をするために出てきたんです。彼女はティリーが好きじゃないみたいで。あのサンデーはしょっちゅう彼女を訪ねてきていて、殺人事件の前日には、サンデーとティリーが激しいけんかをしているのを聞いたそうです。サンデーはティリーの家から帰るときに、こう叫んだとか。『いいか、わかったな、おれたちはもう終わりだ』それに対してティリーは言った。『後悔させてやる』」

「これからミセス・ブロクスビーの招待を受けて、わかったことを検討しましょう」アガサは言った。「ティリーについてできるだけ探る必要がありそうね」

ミセス・ブロクスビーはお天気がいいし、ミセス・レーズンは煙草を吸いたいでしょうから、庭でお茶をいただきましょう、と提案した。

「煙草を吸うんですか！」トムが叫んだ。「肺にどんなに悪いか、知らないんですか？しかも、周囲の人たちは？　受動喫煙について聞いたことがないのかな？」

「戸外にいるでしょ」アガサはむっとして答えると、ミセス・ブロクスビーが庭のテーブルの周囲に椅子を並べるのを手伝った。

トムを見るアガサの顔にさまざまな思いがよぎるのをミセス・ブロクスビーは目にした。憤慨、失望、それに欲望が入り交じった気持ち。妙ね、とミセス・ブロクスビーは思った。これまでミセス・レーズンを欲望の強い女性だと思ったことはなかった。もっとロマンチックな人かと。見かけはイケメンだけど、実はひどく神経質な男性だって気づかないのかしら？　すでにきれいな椅子の座席をハンカチでゴシゴシふいているのを見てごらんなさい。

お茶とケーキを出すと、ミセス・ブロクスビーは調査はどうだったのかたずねた。アガサは少しだけわかったことを説明した。そして、こうしめくくった。

「ビル・ウォンはどうしたのかしら。いつも訪ねてくるのに。サンデーの死後、てっきり会いに来てくれると思ってたのよ。電話をしても、いつも忙しいみたいだし」

「ああ、言うのを忘れていたわ！」ミセス・ブロクスビーが叫んだ。「しばらく前に電話をしてきて、あなたを一切助けてはならないとウィルクスに言われていて、コリンズ部長刑事にタカみたいに見張られている、と話していたの。ウィルクスは部外者を警察の仕事に関わらせたくないんですって」

「これまで警察のためにいくつも犯罪を解決してあげたのよ。それを考えたら、そのやり方は悪手なんじゃない？」アガサは不満をぶちまけた。「あとでビルの家に行ってみるわ。ティリー・グロソップの噂を何か聞いたことがある？」ミセス・ブロクスビーにたずねた。

「あまり好かれていないということぐらいね。ティリーは礼儀がなっていないと評判が悪いわ。メイ・ディンウッディはとても人望があるけど。ミス・ブラザーは変わり者だと思われているみたい。どうしてミセス・コートニーとミスター・サンデーの死には関係があると思うの？」

「それなら筋が通るから」アガサは言った。「ミリアムはチャールズに何か思い出した、と言ったの。たぶん誰かにそれを伝えたせいで、ミリアムは殺されることになったのよ」

「でも、ミセス・コートニーの殺人事件はとても念入りに仕組まれています」トニが指摘した。「一方、ジョン・サンデーの殺人事件は、誰かが怒りをこらえきれなくて刺したみたいに思えます」

トムが笑い声をあげた。「ぼくは完璧なアリバイがあってよかったよ。さもなければ第一容疑者になっていたところだ」彼はポケットから除菌ペーパーのパックを取り出し、手をふきはじめた。

アガサは小さなため息をもらした。目の前に彼はすわっている。整った顔に、たくましい首と力のみなぎる体はまさに男らしさの見本だ。だのに、老婆のように細かいことを気にしている。

「どこに泊まっているんですか、ミスター・コートニー？」ミセス・ブロクスビーがたずねた。

「ミルセスターの〈ジョージ・ホテル〉です」

「長く滞在する予定なのかしら？」

「法的手続きがすべて終わるまでです。でもほぼ終わりかけているので、あと一、二週間でアメリカに戻れるはずです」

「妹さんがいるそうですね」とミセス・ブロクスビー。

「ええ、エイミーです。手続き関係のことは、すべてぼくに任せられていまして。母はぼくたち二人に公平に資産を遺してくれたんです」

「お二人とも、お母さまの死はさぞショックだったでしょうね」

「ええ、たしかにショックではありましたが、それほど意外ではなかったんです。母は人を怒らせる癖がありましたから」

「でも、誰かが殺したいと願うような女性では絶対になかったわ！」

「実をいうと、さんざん頭をしぼっているんですが、誰も思いつかなくて」トムは残念そうに言った。

アガサはいつもおしゃべりのロイがどうして黙りこくっているのだろう、と気になった。ロイの方を見ると、春の日差しを顔に浴びながら眠りこんでいた。どうしてロイは電話をせずにいきなり訪ねてきたのだろう、と初めてアガサは違和感を覚えた。これまでそういう真似をしたときは、決まって厄介な羽目になっていた。

「ロイ！」彼女は大きな声で呼びかけた。

「え、何ですか？」

「これからビルの家まで行って、彼と話してこようと思うの。いっしょに来ない？」

ロイは背筋を伸ばして目をこすった。「ええ、そうですね」

「今夜、全員で集まって、ぼくのホテルでディナーをとったらどうでしょう？」トムが言いだした。

「あたしはだめです」トニが言った。「シャロンとディスコに行く約束をしたので」

「そして、わたしは残念ながら教区の仕事があるんです」とミセス・ブロクスビー。

「わたしたちはうかがいます」アガサはどうにかしてロイに家で留守番をさせられないだろうか、と思案した。トムはたしかにちょっと細かい。でもそれだけだ。

ミルセスターに行く途中で、アガサはロイに言った。「すっかり白状なさい」

「白状って何を？」

「何か悩んでいるんじゃない？」

「ああ、そのことですか」ロイは悲しげだった。「たいしたことじゃないんです。ただ、仕事への興味をすっかり失ったってだけで」

「今はどこの案件を担当してるの？」

「〈ペイパー・パンティーズ〉」

「その手のものは六〇年代とともに消えたと思ってた」

「また流行らせたがっていて、ぼくはメディアに関心を持ってもらうようにしなくちゃいけないんです」

「それで？　いつものように自分の仕事をするだけよ。この業界のことはわかってるでしょ、ロイ。わたしが手がけた、いくつものくだらない案件のことを思い出してみて」

「外国人とはうまくやっていけないんです」

「どこの国の人？」

「ブルガリアです。女の子たちはかわいいんです、パンティのモデルをする子たちは。だけど、会社の経営者たちときたら、ぼくをゴミみたいに扱うんです。しかも、ものすごく威嚇的で。それどころか、大量の取材が入らなければ、ぼくをウェストミンスター橋から放り投げるって匂わせてます」

「ボスがそんな案件を受けたとは意外ね」

「契約するときには、イギリス人の代理人を会社に送りこんできたから。とてもまともで、いかにも上流階級ってやつを。この案件から逃げ出したくてたまらなくて」

アガサは額に皺を寄せて考えこんだ。それから言った。「ああ、閃いた。今日、途中で安っぽい便箋と封筒を買って、手袋をはめてすてきな匿名の手紙を書き、風紀犯罪課に送るのよ。その会社は売春のフロント組織で、モデルたちは性の奴隷だって」

「アギー！」

「ねえ、考えてみて。警察は捜査しなくてはならないと思うはずよ。あなたがボスにうちの会社の評判に差し障る、って進言すれば、仕事から逃げられるわよ」

「だけど、鑑識が！」ロイは泣きそうだった。「便箋に息を吹きかけちゃったらどうなるんです？」

「テレビで〈CSI：科学捜査班〉を見すぎたのね。わたしが期待に応えられなかったことがある？」

「だけど……」

「わたしに任せてちょうだい」

二人はついていた。ビル・ウォンの感じの悪い両親は買い物に出かけていて留守だったのだ。ビルの母親はグロスターシャー出身で、父親はもともと香港の出身だった。二人ともぞっとする人たちだとアガサは思っていたが、ビルは両親を敬愛していた。

「わたしをずっと避けていたでしょ」アガサはドアを開けたビルを責めた。

「コリンズのせいなんです。ウィルクスがあなたと関わらないように命じたものだから、彼女はずっとぼくを見張っているんですよ」

「でも、今はコリンズはいないでしょ」アガサは陽気に言った。「中に入れて。話したいことがあるの」

ビルは二人を客間に通した。ビニールのかかった新しいソファの三点セットが置かれていた。

「そのビニールははずした方がいいわよ、暖かくなる前に」アガサは意見を言った。

「でないと、肌にべったり張りつくわ」

「だけど、しばらくこれで汚れません。何があったんですか？」

「ミリアム・コートニーの息子がやって来たの。わたしに母親を殺した犯人を見つけてほしいんですって」

「なぜ今さら？」ビルはやわらかなグロスターシャー訛りで言った。彼は感じのいい丸顔にアーモンド形の目をしていた。「だって葬儀にも現れなかったんですよ。妹も」

「ミリアムは子どもたちをずっと放任していたみたいで、二人とも母親に対してあまり愛情がなかったのよ。彼は敷地の売却を監督するために、突然こっちに来たの」

「だけど、私立探偵を雇う前に、まず警察を訪ねるのがふつうでしょうに」

「わたしがとても優秀な探偵だからでしょ」

「通常こういう状況なら、私立探偵を雇うのは最後の手段ですよ。まず警察にあれこれ訊くものだ」

「警察は何かつかめたの？」

「いいえ。ただし、捜査はずっと続けています。非常に閉鎖的な村なんですよ。ジョン・サンデーの事件の場合、彼はとても嫌われていたので、大勢の人間が彼の死を願っていました」

「とりわけティリー・グロソップはね」アガサはトニが聞いてきたことを話した。

「彼女は何度か聴取しているんです。誰かに『後悔させてやる』って言っただけでは逮捕の理由にはなりませんよ」

「トム・コートニーはまちがいなくケイマン諸島にいたの？」

「ええ」

「それで妹は？」

「フィラデルフィアに。彼女はドクター・ベアンズと結婚しているんです」

「そして、夫のドクターが彼女のアリバイを証言しているの？」

「彼はシアトルの学会に出席していました。でも、エイミーは友人のハリエット・テンプルといっしょだったんです。大丈夫です、どちらのアリバイも確認しました。それから、ミリアムはたしかにチャールズに何かわかったと話していた。そして殺された夜にベッドに入る前に、牧師の奥さんに電話して、誰がやったのかわかったと話したんです」

「それは知らなかったわ」アガサは興奮した。「だとすると、ペネロペか夫が犯人ってことになりそうね」

「もちろん、それは考えました。だけど、牧師の家の掃除婦が病気だったので、ペネロペは容態を訊くために電話し、ついでにミリアムが言ったことをしゃべったんです。掃除婦のミセス・ラドリーはすぐさま村のたくさんの人たちに電話した。その全員を聴取しましたよ。しかし、彼女が電話した人も、それぞれ別の人に電話していた。ようするに村の全員が知っていたにちがいありません」

「謎めいてるわね」アガサはため息をついた。「ふたつの殺人事件はまったくちがっているように思える。ジョン・サンデーの場合は衝動的な殺人だし、かたやミリアムの方は冷血な計画的犯行よ」

「大胆な犯行でした。ミリアムはチャールズに何かつかんだと話したせいで命を落とすことになったんです。シェリーをいかがですか？」

「いただきます」ロイは応じた。ブルガリア人から逃げるためのアガサの突飛な思いつきについて、ビルに相談すべきかどうか迷っていた。

ビルはキッチンに行くと、シェリーを入れた三つのちっぽけなグラスを銀のトレイにのせて戻ってきた。ロイはがっかりした。ブルガリア人に対する計画をビルに話したら、アガサは不機嫌になるとわかっていたが、強い酒をガブガブ飲めば話す勇気が出るかもしれないと期待していたのだ。

「トム・コートニーが怪しいと思うな」ロイは言った。「だって、動機は常に金ですよね？」

「まず思いつくのはたしかにそうですが、さっき言ったように、彼のアリバイは確認済みなんです。それに妹も友人によってアリバイが成立しています」

「残念」アガサは考えこんだ。「息子でも娘でもないなんて。だって、すでに村で殺人事件が起きているんだから、すごく都合がいいでしょ。警察はふたつの殺人事件が関連していると考えるにちがいない」

「まだそう考えてますよ」ビルは言った。「でも、あなたの言うとおりです。ミリアムの殺人事件は念入りに計画されたように見える。屋敷を通りかかったある人間は、明かりが消えてから、キャンドルの炎が移動していくのを見ているんです。たぶんミリアムが階下のブレーカーボックスを調べに行ったんでしょう。火事は彼女が倒れたときに、手にしていたキャンドルがコンロの油入れに落ちたので起きたんです」

「そこまでわかるの？　屋敷全体が炎に包まれたでしょ。証拠が残っているとは思えないわ」

「火元をコンロまでたどり、油入れの残骸を調べたところ、キャンドルの成分が発見されたんです。ブレーカーボックスはほぼ無傷でした、分厚い金属製の蓋に守られて。あきらかに電源スイッチが切られていたんです」

「そんなに夜遅く通りかかったのは誰なの？」

「キャリー・ブラザー」

「で、どうしてそんなに遅くに外にいたわけ？」

「彼女の言葉を借りると、うちのワンちゃんが外でチッチをしたがったから、と言ってます」

「あの人はまともじゃないと思うわ」

ビルは首を振った。「ちょっと変わっているだけですよ。また事件に首を突っ込まないでください、と言ってもむだですね、アガサ？」

「もちろんよ。だって、わたしはトム・コートニーに雇われているし、お金が必要だから」

「ロンドンのブルガリア人について何か知っていますか？」ロイが口をはさんだ。

「いえ、彼は知らないわ」アガサが言った。「さあ、急がないと。行きましょう、ロイ」

ロイはアガサのクマみたいな目がぎらっと光るのを見て怖気《おじけ》づいた。

「ブルガリア人って？」ビルはロイを追い立てるようにして帰っていくアガサにたずねた。

「気にしないで」アガサは叫んだ。


カースリーに戻ると、アガサが警察への匿名の手紙を作成しているあいだ、ロイは沈んだ様子でコテージをうろうろしていた。とうとう彼女は手紙を封筒に入れた。

「ここから投函しない方がいいわね」彼女はつぶやいた。「カースリーの消印を見たら、わたしだと突き止められるかもしれない。ロイ！」彼女は呼んだ。

「何です？」ロイは不安そうにたずねた。

「これをロンドンで投函してもらいたいの。もっと大きな封筒に入れておくわ。手紙の方にあなたの指紋がつかないように。封筒から取り出して、ポストに入れて」アガサは手袋をはずしたとき、ロイの目に安堵の色が浮かんでいるのに気づいた。「いい、ロンドンに帰ったら破いて捨てようなんて思わないでね。警察の手入れについて何もニュースにならなかったら、あなたが弱気になったとわかる。あなたのためなのよ！さて、今夜はわたし一人でトムとディナーをとりたいの。彼はわたしを気に入っているようだから、もっと何か聞きだせるかもしれない。まだ話していないことで、母親について何か思い出すかもしれないし」

「彼はあなたを気に入ってなんかいませんよ」ロイはつっけんどんに言った。「あなたの友だちはぼくですよ。ぼくの相手をするべきでしょう」

「ロイ、仕事のためなのよ。不景気のまっただなかにいるから、この仕事が必要なの」

「ああ、わかりましたよ。ぼくはパブにでも行きます」

その晩、フランスの香水をたっぷり吹きつけたアガサが出かけていったあとで、ロイは落ち着かなくなり、オドリー・クルーシスまで行くことにした。彼は探偵のつもりになっていた。何か重要なことを発見すれば、アガサに雇ってもらえ、ＰＲ業界から足を洗えるかもしれない。

車の窓を開けて緑の多い小道を走っていった。田舎の夜の香りを胸いっぱいに吸いこむ。古いノルマン様式の教会の四角い建物の隣、教会ホールに明かりがついているのが見えた。ロイは車を停め、中に入っていった。ビンゴのゲームが進行中だった。村人たちはカードにかがみこみ、ペネロペ・ティムソンが喉の詰まったような高い声で数字を読み上げている。

ロイはホールの後ろの席にすわった。ペネロペが軽食のために休憩を宣言すると、全員が立ち上がって、お茶のポットと、サンドウィッチとケーキを山盛りにした皿が置かれたサイドテーブルに急ぎ足で向かった。そのときすばらしい考えが閃いた。最近の彼はアガサ・クリスティの小説に基づいたテレビシリーズ『名探偵ポワロ』にはまっていた。とりわけ気に入っているのは、偉大な探偵が殺人者を明らかにする前に、一人また一人と追いつめていく最後の場面だ。彼はすばやくマイクに歩み寄ると、叫んだ。「みなさん、ご静聴をお願いします！」

みんなが振り返った。「ぼくはロイ・シルバーです」彼は名乗った。「この村で起きた殺人事件を調べています。誰が犯人かはわかっています。外で待っていますので、罪を犯した人はぼくのところに来て自白してください。刑を軽くするために、ぼくから警察に掛け合います。ではよろしく」

ロイは水を打ったような静寂の中、ホールを後にした。外で待ちながら、ロイは心から満足していた。もちろん殺人者がやって来るとは期待していなかった。しかし、村人たちは彼を取り囲んで、殺人についてあれこれ語るだろう。もしかしたらアガサが見逃していた情報を手に入れられるかもしれない。

三十分後、ビンゴの数字を読み上げるペネロペの声が再びホールから聞こえてきた。なんだか拍子抜けしたが、もう少し待つことにした。暗闇で自分の車の横に立っていた。村は環境に配慮して、通りの街灯を消していた。暗闇にうずくまる古いコテージのシルエットが不気味に感じられる。

ロイはビンゴが終わるのを粘り強く待った。ようやくゲームが終わると、全員がぞろぞろ出てきた。誰一人口をきかなかった。お互いにすら。ロイが存在しないかのように、それぞれの家の方に散っていった。最後の一人が消えると、ペネロペがホールを戸締まりしているのが見えたので、近づいていった。

「ミセス・ティムソン！」彼女はぎくりとして振り返った。ペネロペはロイを鋭く見つめた。「馬鹿げた冗談だったわね」

「冗談じゃないですよ」ロイは強く否定した。

「いいからもう、帰ってちょうだい」ペネロペは疲れた声で言った。

ロイはゆっくりと車に戻った。小さな月が高く昇っていて、目の前の道に黒い影が伸びている。そよ風が吹いて木の葉がザワザワ鳴る音が、ささやき声や威嚇する声に聞こえた。ロイは身震いした。田舎の生活はどう考えても自分向きではなかった。

後頭部を痛烈な一撃が襲った。ロイは前のめりに倒れた。倒れるときに、ジャケットのポケットから携帯電話が滑り落ち、かすんでいく目の前の道に落ちた。最後の力を振り絞って、彼は3を押した。アガサの携帯電話が登録されている番号だ。「助けて。あの村の教会だ」苦しげに訴えた。「殺される」それきりロイは意識を失った。

ティリー・グロソップはミセス・ティムソンに電話した。「あのおかしな若者が車の隣で道に倒れているんだけど。何かあったのかしら?」

「酔ってるのよ」牧師の妻はきっぱりと言った。「そのまま寝かせておいて」

アガサはアルコールと欲望で顔が上気していた。トムにさんざんおだてられたおかげで、また若返り、魅力的になった気分だった。

コーヒーを飲みながら彼は切りだした。「部屋にとても上等のブランデーがあるんだ。よかったらどうかな？」

ついにきた、とアガサは舞い上がった。今よ、さもなければ二度とない。一度だけ、たった一度だけ、とても年老いる前に。頭の中で点検してみる。脚のムダ毛、脇のムダ毛、ＯＫ。ブラジリアンワックス脱毛をしておくべきだったかしら？　もう遅すぎるけど。

だが、ホテルの部屋に入ったとき、トムはアガサを抱きしめてキスしようともしなかった。トムはたっぷりアガサのグラスにブランデーを注ぎ、自分にも注ぐと、スイートルームの小さなつるつるしたソファに彼女と並んで腰をおろした。彼はにっこりした。「ぼくたちと今夜に乾杯」二人はグラスを触れあわせた。

「まず、いくつかのことをはっきりさせておきたいんだ」彼は言いだした。「これまで性感染症にかかったことはある？」

アガサは無表情に彼を見つめた。「訊きたいのはそれだけ？　それとも長い質問リストがあるの？」

彼は少年のような笑顔を見せた。「どういうわけか、ぼくは女性の陰毛には我慢できなくてね」

「小児性愛者もそうよね。聞いて、トム、これはとんでもない過ちだった。そういう条件を出したいなら、しかるべきところに行って、お金を払うようにお勧めするわ。じゃ、かまわなければわたしは――」

彼女の携帯電話が鳴った。後にアガサはトムの不愉快な口説き方に感謝しないではいられなかった。さもなければ、電話に出ることはなかっただろう。彼女は唖然としながらロイのメッセージを聞いた。

「ロイだわ！　怪我をしている」

彼女は警察に電話し、救急車を呼び、立ち上がると急いでドアに向かった。

「きみは酒を飲んでる。運転は無理だ」トムが叫んだ。

「ふん、うるさい、軟弱な男ね」アガサは毒づくと、部屋を走り出た。

アガサがオドリー・クルーシスに着いたときには、すでに警察が到着していて、ロイは救急車に乗せられるところだった。ビル・ウォンを見つけて、走り寄った。

「無事なの？」

「どうにか。ひどく殴られてます」

「救急車のあとからついていくわ」

「アガサ、あなたはお酒を飲んでたでしょ」

「だから何？　救急車を運転するわけじゃないわ」

アガサが病院で心配しながら待っていると、まもなくトニとシャロンがやって来た。ビルがトニに電話したのだ。「誰がやったか、見当がつく？」アガサはたずねた。

トニは首を振った。「ただ、ロイは村のビンゴ大会に行って、殺人者の正体を知っているから、犯人は外に出て自分にすべてを告白した方がいい、って言ったようなんです」

「『名探偵ポワロ』のボックスセットをクリスマスにあげなければよかった」アガサはうめいた。「いったい何があったの？　それに、どっちの殺人犯のことを言っていたのかしら？　ああ、きっと最初の事件にちがいない。わたしがトムとディナーをとっていたことを知っていたんだから」

「ビルが来た」シャロンが言った。

「重傷です」ビルは言った。「脳内で出血しているので、今、手術中です。家に帰った方がいいですよ。もうここにいても何もできませんから」

「助かるの？」

「わかりません。でも、あんな弱々しい外見の割に頭蓋骨は鉄みたいに頑丈だったので、助かるかもしれません」

「誰か何かを見ていないの？」

ビルは牧師の妻にティリー・グロソップから電話があったことを話した。

「だけど、そんなの馬鹿げてる！」アガサは叫んだ。「ロイは殺人犯の正体を知っていると言ってから、道に倒れているのが目撃された。誰も様子を見ようと思わなかったの？」

「酔っ払って地面で寝ていると判断されたようです」

「何で殴られたかわかる？」

「鈍器ですね。たぶんハンマーか。コリンズ部長刑事は嫌いだけど、今は彼女の行動がうれしいですよ。村人全員をたたき起こし、怒鳴りつけ、めちゃくちゃ絞りあげてます――それで少しは気分がよくなったでしょう、アガサ。さあ、家に帰ってください」

「ベッドのわきにすわっていてもかまわないでしょ？」アガサは頼みこんだ。「そして、彼に話しかけ続ける」

「アガサ、メロドラマじゃないんですよ。昏睡《こんすい》状態なわけじゃない。今は麻酔を打たれて手術台に横たわり、頭に二ヵ所の穴を開けられているんだ。朝には会えますよ。

帰ってぐっすり寝てください」

アガサが疲れきってベッドにもぐりこもうとしたとき、ドアが開いてチャールズが入ってきた。

「ロイが頭を殴られたの」アガサは言った。「もしかしたら助からないかも」

彼女はわっと泣きだした。チャールズはベッドにすわって、泣き止むまでアガサを抱きしめていた。「さあ、全部話してみて」

そこでアガサはすべてを話した。話し終えると、チャールズは言った。

「トム・コートニーについてはずっと怪しいと思っていた」

「どうして？　どっちみち、ロイが殺されそうになったとき、彼はわたしとディナーをとっていたのよ。それにどうして彼がジョン・サンデーを殺したがるの？」

「ああ、ちょっと思ったんだ。彼はすでに母親を殴りつけ、屋敷に火をつける計画を立てていたから、口うるさい人間を排除しておこうとしたんだよ。金になる建設計画に文句を言わせないようにね。だから、きみとディナーをとり、きみはマドモアゼル・ココの匂いをまだプンプンさせながら夜明けに帰ってきた。誘惑されたのかい？」

「ロイの電話でディナーが中断したの、ありがたいことに。あの人、毛を剃《そ》っているかってたずねたのよ」

チャールズは片手でアガサの顔をなでた。「赤ちゃんのお尻みたいにすべすべだよ。ああ、あっちの方か。なんてやつだ！　最低の口説き文句だ！」

「もう一人にして、チャールズ。目覚まし時計をセットして、朝いちばんに病院に戻らなくちゃ。それからシャロンの目のこともある」

「目がどうしたって？」

しかし、返事は穏やかな寝息だった。


三時間後、アガサはチャールズの運転でミルセスター病院へ向かっていた。

「二度とトムの仕事はしたくないだろうね」チャールズは言った。「おっと、馬鹿なモリバトをごらん。道のいたるところにいる」

「あまりね。だけど、彼はなんらかの形で二件の殺人事件に関わっているか、犯人を知っているかもしれない。ゆうべのことは忘れて、いつものように調べを続けるわ」

「シャロンの目のことは？　眠りこむ前に、何かつぶやいていたよ」

「ああ、そのこと。もしかしたらゆうべは全員が動揺していたせいかもしれないけど、彼女の瞳孔がとても大きくなっていたの。トニにシャロンの行動を探らせてみるわ」

「南フランスでのあの楽しい浮かれ騒ぎのことについて考えることはある？」（『アガサ・レーズンとけむたい花嫁』参照）

アガサはさっとチャールズを見たが、彼の顔は冷静でいつもどおりだった。

アガサはぎこちない笑い声をあげた。「ときどきはね。ぞっとする婚約者から逃げられて、すごくうれしかった」アガサは村の住人と短期間婚約していて、二人でフランスのノルマンディーに休暇を過ごしに行った。しかし、婚約者がとんでもない人間だとわかったので、チャールズに電話して助けに来てもらったのだ。それからアガサとチャールズはフランスの南までドライブして、短いバカンスを過ごした。

「ふうん、それだけ？」

「あなたの言葉と同じよ、チャールズ」アガサは小さな声で言った。「『うん、なかなか楽しかったね。だけど、屋敷でトラブルが起きたから急いで行かないと』って言ったでしょ。気にしないで。ロイの様子を見に行きましょう」

ロイは母鳥に見捨てられたひな鳥みたいに見えた。頭は片側が剃られていた。看護師があわてて入ってきた。「ご親族のみです」

「叔父と叔母です」アガサは言った。「具合はどう？」アガサはロイにたずねた。

「医者たちはすごく満足そうですよ」ロイは言った。「ぼくは一週間ぐらい療養し、しばらく飛行機に乗ってはだめだそうです。頭にふたつ穴が開いているんです。ほら！　ボウリングのボールみたいな気分だ」

「どうしてそんな危険な真似をする気になったの？」アガサはたずねた。

「何か引き起こせるかもって思ったんです、あなたみたいに。ともかく〈ペドマンズ〉に電話したら、ブルガリアの案件はメアリーの担当になりました」メアリーはライバルのPR担当者で、折あらばロイの案件を奪おうとしていた。「ここを出たらすぐに辞表を出します」

「で、何をするんだい？」チャールズがたずねた。

「わかりません。たぶん田舎で何か。あなたの下で働いてもいいですよ、アギー」

「田舎の村だと、ほとんど単純作業よ、ロイ。あなたは都会向きの人間だと思うわ」

ロイはふいにオドリー・クルーシスの不気味な暗闇と静寂のことを思い出した。ここにはぞっとする恐怖を和らげてくれる陽気な赤いロンドンバスもないのだ。

「ともかく考えてみます」ロイは明るく言った。「イギリス人外科医は毎年ウクライナに行って、ブラック＆デッカー社の電動ドリルでこういう手術をしているそうですよ、知ってました？　向こうじゃ手術器具がないからです」

ビル・ウォンとウィルクス警部がロイを聴取するために入ってきたので、アガサとチャールズは待合室に追い出された。

「ちょっと出かけてくる」チャールズは言った。「またあとで」

アガサは富裕層向けの雑誌をめくった。さまざまなオープニングパーティーや狩りのディナーに集う人々の楽しげな写真が載っていた。みんな、なんて楽しそうに見えるのかしら。カメラは嘘をつく。家へ帰る途中での激しい夫婦げんかや、差し迫った離婚や、破産の恐怖や、お高くとまったレディなんとかが自動車修理工場の経営者の妻を鼻であしらったせいで生じた社会的確執については、何も表現していない。雑誌が膝から滑り落ち、彼女は眠りこんだ。

チャールズが午後遅く戻ってきて、アガサを起こした。「何時間も寝てたね。トニとシャロンが顔を出したし、フィルとパトリックも来た。〈ペドマンズ〉は〈フォートナム&メイソン〉からお見舞いのかごを送ってきて、ロイ以外の全員が、そこからちょっとずつつまみ食いしているみたいだ。彼の本物の叔父と叔母が現れて、明日退院させて家で世話をするって言い張っている。妙だけど、ロイに家族がいるとは思ってもみなかったよ」

二人は病室に行こうとしたが、ロイは眠っているので休ませてあげた方がいい、と看護師に制止された。

アガサは腕時計を見た。「オフィスに行って、誰かが何か発見したかどうか見てきた方がよさそうね」

「じゃ、また明日」チャールズは言った。

アガサは仕立てのいい服を着たチャールズの姿が廊下を遠ざかっていくのを眺めた。南フランスでの短いバカンスは彼にとって何の意味もなかったのかしら？　今日まで、それについて口にすらしなかった。彼女はバッグから小さな鏡を取り出し、顔を見たとたん小さな悲鳴をあげた。マスカラが目の下で小さな黒いダマになっていた。腹立たしいことに、ウォータープルーフだというマスカラだとよくそうなる。拡大鏡だったので、毛穴のせいでまるで月面みたいな顔に見えた。

顔を洗い、メイクを直し、オフィスに行くと、ミセス・フリードマンがちょうど戸締まりをし、シャロンが長い髪をブラッシングしているところだった。今日のシャロンはブロンドに紫色のメッシュを入れていた。

アガサは二人にロイについての最新ニュースを知らせた。

「他の人たちはまだあのひどい村にいて、何か探りだそうとしています」ミセス・フリードマンが報告した。「わたしも残っていましょうか？」

「いえ、もう帰ってけっこうよ。シャロン、ちょっと話をしたいんだけど」

シャロンはヘアブラシを放り出すと、デスクに戻った。「今度は何ですか？」

アガサはミセス・フリードマンがドアを閉めるまで待ってから、切りだした。

「どんなドラッグをやってるの？」

「そんなのやってません」

「嘘をつくのはやめて。何なの？　コカイン、メタンフェタミン、ヘロイン？　何？」

「何も。もう帰らなくちゃ」

「あなたの瞳孔は大きくなっている。薬物をやっている証拠よ。うちで働くなら薬物は禁止よ」

「自分はどうなの、大酒飲みで煙草を吸う口うるさいオバサンのくせに」シャロンが言い返した。「仕事なんてくそくらえよ」

シャロンはオフィスから飛び出していき、あとには汗と安っぽい香水のにおいが残された。

どうして気にしたんだろう？　アガサは考えこんだ。母親でもないのに。

コテージに着くと、大きなピンクのバラの花束がキッチンのテーブルに置かれていて、ドリスのメモがついていた。「今日、届きました。彼氏ができたんですか？」

アガサはバラにつけられたカードを読んだ。

「怒らないでほしい。愛をこめて。トム」

ろくでなし、とアガサは苦々しく思った。猫たちにえさをやると、バラの花束を牧師館に持っていった。「教会に飾ったらすてきなんじゃないかと思って」ミセス・ブロクスビーに花束を渡した。

「あらまあ、ご親切に！」

「残念ながら親切な気持ちからじゃないの。処分したいのよ」

「ともかく入って。コーヒーをいただきましょう。ロイの具合はどう？　ニュースですっかり聞いたわ」

「順調に回復しているわ」

アガサは牧師館の古いソファの羽毛クッションにぐったりと体を沈めた。

「花束はトム・コートニーからなの。ゆうべ、ディナーに招待されたのよ。性感染症にかかったことがあるかって訊かれ、さらに罹っているかってたずねられた」

「罹ってるって！　ああ、なるほど」牧師の妻は少し頬を染めた。「現代のロマンスの欠如については、どうしても理解できそうにないわ。結婚のアドバイスを求めて、たくさんのカップルが牧師館にやって来る。それは、たんに女性が教会での結婚式を望むからというだけで、たいてい二人とも洗礼を受けて以来、教会に一度も足を向けたことがないのよ。婚約者の前でアルフにこう言った青年がいたわ。『ぼくたちは新婚旅行でカリブ海のアンティグアに行く予定なんです。だから、彼女には事前に日焼けサロンに行って全身を焼いてもらいます。浜辺でサメのおなかみたいに見えたら困るので』最近は男性があれこれ要求できるみたいね。しかも、売春宿に行かなくてはならなかった時代のように、お金を支払うこともなく」

「古きよき時代よね」アガサはクスクス笑った。

「ええ、かつてのようなロマンスはもう存在しないのよ。ロマンスがなくなるのはいらだたしいわ。当然、トムの案件を続けるつもりはないんでしょう？」

「いいえ。最近は収入が減っているし、彼は気前よく支払ってくれているから。滑稽よね。トム・コートニーは実の母親を殺すことができる人間だと思うけど、鉄壁のアリバイがある。ただ、彼の妹のアリバイは怪しいわね。殺人が起きたときにいっしょにいたと、友人に証言を頼むことは可能でしょ。ああ、忘れていた。彼女がイギリスに入国した記録がなかったんだわ」

「大金がからんでいるのよね」ミセス・ブロクスビーは言った。

「誰かをお金で雇った可能性はあるわね」アガサはのろのろと言った。「フィラデルフィアに行って、調べて回ろうかと考えているの。そうだわ、ロイに会いに行って、わたしが保養施設に行って数日帰ってこないって広めてもらおう」

ロイはベッドに起き上がって、ベッドわきのテーブルに置かれたフルーツバスケットからブドウを食べていた。「誰が会いに来たと思います、アギー？」

「フルーツの妖精？」

「ミスター・ペドマン本人です！　そこのすばらしいフルーツのバスケットも贈ってくれたんです。ブルガリア人はセックス取引をしていると警察に匿名の手紙を送るっていうぼくのアイディア、覚えてますか？」

「わたしのアイディアでしょ、実際には」

「はいはい。ともかく、ぼくが手紙を送るまでもなく、それが真実だってわかったんです。売春だけじゃなくて、ドラッグ取引もやってました。意地悪なメアリーときたら、彼らをほめそやして、ぼくは根性なしだから乱暴なブルガリア人と仕事をしたくないんだ、って言いふらしてたんです。彼女はまちがいなく時の人じゃなくなりました。ぼくの方は昇給してもらいましたよ！」

「よかった。で、わたしのアドバイスのお返しにあることをしてもらいたいの。訪ねてくるみんなに、ビルも含めて、というか、とりわけビルには、わたしは数日ほど保養施設に行っていると伝えてちょうだい。ただし、どこの施設かは知らないって」

「地元新聞に出たぼくの写真を見ますか？」

「けっこうよ、ナルシストさん。じゃ、帰るわね」

5

飛行機がもうすぐフィラデルフィアに着くというアナウンスを聞くと、アガサは気分がひどく滅入ってきた。このお金のかかる旅をしているうちに、自分の動機を疑問に思いはじめていたのだ。最近の男性について、何を知っているのだろう？　もしかしたら寝室のドアを開けもしないうちから、とても個人的な質問をするのがふつうなのかもしれない。でも、トム・コートニーにはまちがいなくうさんくさいところがある。その確信だけで、彼女は旅に飛び出したのだった。

大西洋の両側で、アリバイは警察によって確認されていた。それなのに、いったい何を見つければいいのだろう？

入国審査と税関を通過すると、出発前にパソコンでプリントアウトしてきたグーグルマップを取り出し、タクシー運転手にセリヴェックス・ドライブにあるベアンズ夫妻の住まいに行くように指示した。

家にいなかったらどうしよう？　やがてタクシーが緑の多い道に入ると、アガサは心配になってきた。運転手に待っているように頼んだ。

「いいですとも、マダム。ただし、ここまでの分を払ってください」

アガサは支払いをして、気前のいいチップを渡した。

家は似非《えせ》コロニアル様式の赤いレンガ造りで、入り口に白い柱が立っていた。両側のそっくり同じ隣家とのあいだに、手入れの行き届いた芝生が広がっている。子どもは遊んでいなかった。

アガサは芝生に沿って延びる赤いレンガ敷きの小道を進んでいき、厩舎に似せて屋根に真鍮《しんちゅう》の馬が立っているガレージを通り過ぎ、玄関ドアに回りこんだ。

ドアベルを鳴らした。中で女性の声が呼びかけた。

「どなたなのか出てちょうだい、サリー」

ドアが開いた。灰色の髪のずんぐりした女性が立っていた。「はい？」

アガサは名刺を出した。「ミセス・ベアンズをお願いします」

「ちょっとお待ちを」

アガサは待った。

しばらくして、サリーがまた現れた。「こちらにどうぞ。まず靴を脱いでください」

アガサは凍えるほど冷たいエアコンの風が吹きつけてくる屋内に足を踏み入れ、広々とした部屋に入っていった。家具はほとんどなかった。ベアンズ家はミニマリズムが好みのようだ。壁は白で、絵画はすべて黒。部屋にはきゃしゃなスチール製の脚がついた革製の椅子が三脚だけと、黒大理石のコーヒーテーブルが置かれていた。

ミセス・エイミー・ベアンズは椅子にすわっていた。長身のブロンド女性で、カリフォルニアのフェイスリフトを受けたせいで、フェイスリフトを受けた大半の女性と同じ顔になっていた――ボトックス惑星の生物みたいな顔だ。

彼女は微笑まなかった。たぶん、笑うと顔にひびが入るのだろう、とアガサは思った。

「どういうご用件ですか？」エイミーはたずねた。アガサは腰をおろした。

「トム・コートニーに、お母さまを殺した犯人を見つけてほしいと頼まれました」アガサは口を開いた。

「じゃあ、どうしてここに来たの？」

「あなたは妹さんですから、何か覚えているのではないかと思ったんです。お母さまを亡き者にしたがっている人物の手がかりを与えてくれるようなことを。お母さまには敵がいましたか？」

「母は人望がなかった。でも、殺すほど憎んでいる人はいなかったわ」

「できたら、あなたといっしょにいたというハリエット・テンプルと話をしたいんですけど」

「図々しくも、わたしのアリバイを疑っていると言っているの？」

「いいえ、全然ちがいます。でも、彼女はミセス・コートニーについて、何か覚えているかもしれませんから」

「彼女は母のことをほとんど知りません。では、おひきとりを、わたしの時間は貴重ですので。あなたの方はどうだか知りませんけど」エイミーはどこかにある隠しボタンを押したらしく、サリーがすぐに現れた。

「ミセス・レーズンをお送りして」

アガサは当惑した目でエイミーを見た。どうしてこんなに敵意をむきだしにするのだろう、母親を殺した犯人を見つけようとしているだけなのに。

アガサはサリーのあとから廊下に出ていくと、白い革張りの椅子にすわって靴をはいた。財布から百ドル札を取り出した。「あとで会ってもらえない？」

サリーはアガサの足下にしゃがみこんだ。「靴に汚れがついてますよ。ちょっとふきとりますね」それから声をひそめて、「ピーチ・ツリーの〈ジミーズ・バー〉で。

八時」と言った。

アガサはうなずいた。待たせていたタクシーに乗りこむと、いちばん近いホテルに行くように頼んだ。「高速道路沿いのモーテルがいちばん近いですよ。でも車がないですよね」

「名刺をくれたら、必要なときに電話するわ」彼はよれよれの名刺を渡してくれた。

「それからピーチ・ツリー・ストリートの〈ジミーズ・バー〉ってどこにあるの？」

「モーテルの裏手から一ブロック先ですよ」

「よかった」

「ねえ、明日おれが必要なら、時間を決めておいてください。お客をただじっと待っているわけにはいかないんで」

「朝の九時に迎えに来て」

モーテルは清潔で機能的だった。アガサは一泊用の鞄から荷物を取り出した。時差ボケで頭がくらくらした。アメリカの時間に合わせて時計を五時間戻した。それからパトリックに電話した。

「誰にも言わないでね、パトリック。でも、今、アメリカにいるの。コートニー殺人事件のメモを持っている？」

「どこかこのあたりにあったな」

「トム・コートニーの妹のアリバイはハリエット・テンプルっていう人が証言している。警察からその人の住所を聞きだしたんじゃない？」

「覚えてない。ちょっと待ってくれ」

アガサはいらいらしながら待った。外の高速道路では、巨大な機械仕掛けの波のように車が次々に走りすぎていく。ようやくパトリックが電話口に戻ってきた。

「わかった。ハリエット・テンプル……ペンはあるか？」

「ええ」

「離婚女性。住所、カムデン・コート、五号棟、２５２号室。電話番号はないな」

「ありがとう、パトリック。戻ったら報告するわ」

アガサはシャワーを浴び、涼しいシャツウエストのドレスに着替えると、〈ジミーズ・バー〉を探しに出かけた。

運転手が言っていたように、バーはホテルからわずか一ブロック先だった。静かな夜の中、ドアの上の赤い点滅するライトが店名を知らせていた。

アガサはドアを開け、中に入っていった。カウンターには数名の男性がいて、片側の壁際に並ぶ赤い人工皮革のブース席に数組の男女がすわっている。

アガサはドアがよく見えるブースのひとつにすわった。ちょうど八時だった。それから、ウェイターが来ないことに気づいた。カウンターに歩いていき、バドワイザーを頼んだ。「グラスもいただける？」

イギリス人ですか、というそれいつもの質問を身構えたが、バーテンダーはくたくたに疲れているらしく、新たな会話を始める気力はないようだった。

「わたしもバドにするよ」隣で女性が言った。アガサが振り向くとサリーがいた。アガサは飲み物の代金を支払い、ブースのひとつに向かった。

「それで、何を知りたいの？」サリーがたずねた。

「ミセス・コートニーに敵がいたかどうか、知っているかもしれないと思って」

「敵がいたとははっきり言えないね。だって、彼女の家にはほぼ誰も招かれなかったから。本当だよ。手ぶらでお金をもらうのは嫌だったから、もしかしてこれが見たいかと思って。ミセス・ベアンズは燃やせって言ったけど、忘れてたんだ。昔の家族写真だよ。役に立つかもね」

アガサは財布を取り出して二枚の百ドル札を渡した。さらに支払う必要はないとわかっていたが、サリーの茶色の顔には疲労がありありと浮かんでいて、胸が痛んだのだ。

「どうしてあんな家で仕事を続けてるの？」アガサはたずねた。

「お給金がいいんだ。だけど、あんたがくれたこのお金で、アトランタの家に戻るよ。彼女のために働くよりも、ウェイトレスに戻った方がいい。あそこに来てからまだ三週間だけど、奥さんはあたしのあとを猫みたいに足跡を忍ばせてついて回るんだよ。ほこりを探して。ほこりにめちゃくちゃうるさくて。週末にお給金を払ってくれるから、それをもらったら置き手紙を残して消えるつもりだよ。さて、戻らなくちゃ」

「あなたの前は誰が働いていたの？」

「知らない。あそこに住んでから、まだ二ヵ月ってのは知ってるけど」

アガサはお礼を言い、幸運を祈った。アルバムをブリーフケースにしまった。ホテルに戻りながら思った、さて、エイミーがどうしてこれを燃やしたがったのか見てみようじゃないの。

意外にも、ベッドサイドのテーブルにフルーツのボウルとスパークリングワインが置かれていた。メモが置かれている。「感謝のしるしとして」

まあ、すてき、とアガサは思った。だけど、こんな高速道路沿いの機能優先のホテルが、ここまでサービスがいいとは実に妙だわ。

受話器をとって、フロントにかけた。「フルーツとワインのお礼を言おうと思って」アガサは言った。

「お部屋にフルーツもワインもお届けしていません、マダム。ミズ・レーズンですね？」

「ええ」

「たぶんファンがいらっしゃるんですよ」

アガサはゆっくりと受話器を置いた。もしもワインに薬が盛られているなら、少し捨ててから寝たふりをして、誰かが部屋に入ってくるかどうか確かめる手もある。だが、その何者かは彼女を殺そうとするかもしれない。警察には行きたくなかった。ワインの中身の分析をするのにさんざん待たされるに決まっている。それにアメリカの警察はミルセスター警察に連絡をとるだろうし、ミルセスター警察は捜査に首を突っ込んだとカンカンになるだろう。

アガサは一階に下りていき、フロント係に言った。「今夜遅く、イギリスから友人が到着する予定なの。もうひと部屋予約できる？」

「もちろんです。こちらにご記入ください。同じ階にひと部屋空いています。そこでよろしいですか？」

「けっこうよ」

アガサは部屋に戻ると、ワインをグラスに注いで中身を捨てたあと、ボトルの半分をトイレに流した。

誰かが寝ているようにベッドをふくらませ、旅行用に持っているウィッグに新聞紙を詰めて枕に置いた。ベッドサイドの引き出しから聖書を取り出して、写真のアルバムの代わりにブリーフケースに入れた。

それから外に出てドアをロックすると、予約した部屋に入った。

アガサはベッドに横になって待った。しかし、とても疲れていたし時差ボケだったので、まもなく、ぐっすり眠りこんでしまい、目が覚めたときは朝の四時だった。

外に出て、ゆっくりと以前の部屋に歩いていった。侵入された形跡はなかった。ドアの鍵を開け、照明をつけた。何もかも元どおりだったが、ひとつだけちがった。ブリーフケースがなくなっている。パニックになって彼女は荷物を詰めると、メイドが飲むといけないのでワインボトルの中身をすべて捨てた。フロントに行って料金を支払い、タクシーの運転手に電話した。

彼は早朝に呼びだされてぶつくさ言ったが、来てくれることになった。

タクシーが到着すると、彼女は市の中心部にある大きな五つ星ホテルに行くように言った。

彼はアガサをヒルトン・ガーデン・インで降ろした。アガサがタクシーからよろよろと降りたとき、バッグが開いて、中身が舗道に散らばった。運転手は中身を拾い集めるのを手伝ってくれたが、煙草のパックを指し示した。「それは不要になるだろうね」彼は言った。

「どうして？」

「このホテルじゃ、一切煙草を吸えないことを売りにしているんで」

「もう、最低最悪」アガサは叫んだ。「どこか煙草を吸えるホテルに連れていって」

彼は数ブロック先の〈ザ・クローシュ〉というブティック・ホテルに車を走らせた。

「そこで待っていて」アガサは命令した。「まず、確認してきたいから」

入り口ホールはすべてマホガニーと真鍮でできていた。はい、喫煙ルームの空きがございます、とフロント係は言った。アガサは外に出てタクシーの支払いをすると、バッグを運んでくれるポーターについていった。値段は高かったが、通された部屋は広くて快適で、小さなリビングまでついていた。

満足そうにため息をつき、アガサは煙草に火をつけ、イギリスを出発してから一本も吸っていなかったことに気づいた。煙草はひどい味がした。もしかしたらこれは中国の工場の床から拾ってきた輸出不合格品ではないかと、目を近づけてパックを調べたが、何も問題なかった。「アッタマきた！」彼女は壁に向かって言うと、ベッドにもぐりこみ昼まで眠った。

シャワーを浴びて服を着ると、コーヒーとサンドウィッチを頼み、すわってアルバムを調べはじめた。困惑して、いくつかの写真を見つめた。たくさんの写真が切り抜かれているようだ。トムが腕を回している誰かは切り抜かれていた。他の写真でも同じだった。結婚式の日に夫と写っているミリアムの写真も数枚あった。

「エイミーの写真が一枚もない」アガサはコーヒーポットに向かって語りかけた。

「どうしてなの？」

軽いランチを食べ終えると、タクシーの運転手に電話した。カムデン・コートの住所を伝えると、彼はとまどった顔になった。「場所がわからないの？」彼女はいらいらとたずねた。

「知ってるとも。だけど、こんな高級ホテルに泊まっているのに、カムデン・コートみたいなところに行きたがるんで、ちょっとびっくりしたんだ」

「どうして？」

「町外れの公営住宅なんだよ」

「そこにどうしても行かなくちゃならないの」

「ＯＫ、仰せのままに」

興味深いわ、実に興味深い、とアガサは思った。エイミーのようなお高くとまった金持ち女性が、公営住宅の友人と何をしていたの？　ゴキブリを見ただけで、あのきれい好きの女は失神するだろう。

その公営住宅はアガサが恐れていたほど不衛生ではなかった。五号棟を見つけ、めざす部屋のドアをノックした。ドアを開けたのは、長身で疲れた表情の女性で、安っぽいパーマをかけ、すり切れたスリッパの上の足首は腫れていた。

「ハリエット・テンプル？」アガサはたずねた。

「何も買うつもりはないよ」

「こちらも売るつもりはないわ。わたしはミスター・トム・コートニーのために働いている私立探偵なの」

「ミスター・コートニー？　じゃ、入ってもらった方がいいね」

アガサは散らかったリビングに通された。家具はみすぼらしかったが、壁際に高価な薄型テレビが置かれている。

「ミセス・ベアンズは母親が殺されたとき、あなたといっしょだったそうね」

「そうよ」

「ミセス・ベアンズは古くからの友人なの？」

「以前はね。あたしの夫は医者だったんだけど、ドラッグ譲渡のせいで資格を失って刑務所に入った。それでもエイミーはときどき訪ねてきてくれた。あそこのテレビも彼女が買ってくれたんだよ。とても気前がいい人なの」

「ちょっと妙に聞こえるかもしれないけど、あなた、ミセス・ベアンズの写真を持っている？」

ハリエットは笑った。「エイミーにも同じことを訊かれた。数枚しか持っていなかったけど、彼女に渡したよ。ただね、あたしの結婚式のは手元にとってある。彼女がブライズメイドをしてくれたから。それだけは手放せなかった」

「見せてもらえる？」

「とってくる」

彼女は額に入った写真を持ってきて、アガサに渡した。「エイミーはどこ？」アガサはたずねた。

「ああ、そうか、彼女は美容整形をしたからね。それが彼女」

アガサは驚いて目を丸くした。エイミーは兄が女装したらかくや、という姿だった。

「彼女とトムは双子なの？」

「そう、二卵性のね。そうそう、彼女が変わったのは外見だけじゃないの。昔のエイミーとはちがう人間みたいになった。虫や感染症のことで、いつも大騒ぎするようになって。まあ、彼女とトムは昔からその傾向があったけどね」

アガサは無言ですわっていたが、ゆっくりと言った。「あなたはパスポートを持ってる？」

「へえ、エイミーにもそれを訊かれたよ。持ってないと答えると、夫が刑務所にいるのは気の毒だから、どこかに旅行に連れていってくれるって言ってくれた。そのテレビもくれてね。あたしの出生証明書とか必要な書類を渡せば、代わりにパスポートを作ってくれるって。だけど、それっきり何も連絡がなかったから、彼女に会いに行ったんだ――たぶん、あの美容整形をしたあとだったんだろうね――あんなに顔が変わった人って見たことないよ。

訪ねていっても、歓迎されず、地元の社交界での立場を考えなくちゃならないから、犯罪者の妻とつきあうのはまずいって言われた。また来るようにとも言ってくれなかったから、あたしはすごく傷ついて、帰ってきてさんざん泣いたよ」

アガサは小型だが性能のいいカメラをバッグから取り出した。「その写真を撮ってもいいかしら？」

「うーん、エイミーにはすべて破棄するって約束したんだけど……かまわないよね？もう彼女は友だちじゃないし。どうぞ」

「あなたは彼女の母親が殺されたときのアリバイを提供したでしょ。本当にあなたといっしょだったの？」

「もちろん」ハリエットは言った。「あたしは嘘つきじゃない。ねえ、もう帰ってもらえない？」

翌日、ウィルクス警部がミルセスター警察にやって来ると、受付の巡査からミセス・レーズンが待っていると言われた。ウィルクスは振り向いた。硬いプラスチックの椅子でアガサ・レーズンがぐっすり眠っていた。口が半開きになり、軽くいびきをかいている。

「わたしはまだ外出中だと伝えてくれ」ウィルクスはそっけなく言った。

「でも警部、ミセス・コートニーの殺人事件を解決したとか言ってましたよ」

ウィルクスはぞっとして顔をしかめた。認めるのは嫌だったが、過去にアガサは何度も事件解決に手を貸してくれた。起こして彼女の話を聞いた方がよさそうだ。ウィルクスはアガサの肩を揺すぶった。アガサがまばたきしてウィルクスを見上げると、彼はたずねた。「殺人事件を解決したとは、どういうことなんですか？」

「濃いブラックコーヒーをちょうだい。すべて話すわ」アガサは言った。


アガサにとって幸いなことに、コリンズ部長刑事は仕事で外出していたので、ビル・ウォンがウィルクスといっしょにすわってアガサの話を聞いた。彼女はエイミー・ベアンズは劇的に外見を変えたが、それまでは双子の兄のトムとそっくりだったことを話した。アガサの推理では、ケイマン諸島に行ったのはトムの格好をしたエイミーで、ハリエットは多額の賄賂をもらってエイミーといっしょにいたと証言した。そして、エイミーはトムにハリエットの出生証明書と必要な書類を渡した。トムは女性の格好をしてハリエットの名前でパスポートをとり、ロンドンに飛び、母親を金のために殺した。

「すべて突拍子もない想像だ」ウィルクスが言った。

「ハリエット・テンプルという名前の人が入国したかどうかは調べてませんよね」アガサは指摘した。

「しかし、このハリエット・テンプルはどうして嘘をつき続けているんですか？」

「入国者リストを調べて、彼女に訊いてください。殺人事件で起訴される危険があると知ったら、すぐにしゃべりますよ。それからエイミーは警察に聴取される前に美容整形をしたんだと思います。兄とそっくりなことに気づかれないように。殺人はイギリスの村で起き、都合がいいことに、そこでは未解決の殺人事件があった。あの二人は万全の手を打っていたんです」

「ともあれ、われわれがその件について調べるまで、トム・コートニーとあの村には近づかないように」

その晩、アガサはミセス・ブロクスビーを訪ねて最新のニュースを伝えた。

「そこまで念入りに計画を立てたと、本気で考えているの?」牧師の妻はたずねた。

「ええ、そうよ。莫大なお金がからんでいるから。それに、すでに殺人事件が起きた小さなイギリスの村ほど、新たに殺人をするのにうってつけの場所がある?」

「サンデーの殺人事件は、ミリアムの事件の予行演習だったとは思っていないのね?」ミセス・ブロクスビーはたずねた。

「ええ、意地悪サンデーの事件はコートニーの事件とまったく関係がないのよ。トム・コートニーはどこにいるの？　誰か知っている?」

「ええ、おとといの朝、あなたを捜してやって来たわ。数日、アメリカに行くって言ってた」

「ウィルクスに伝えた方がよさそうね。彼が犯人なら、逃亡するかもしれないし、ハリエット・テンプルには保護が必要よ」

「うちの電話を使って」

「お宅の電話はご主人専用なのかと思ってた」

「あら、アルフは気にしないわ」

ミセス・ブロクスビーは夫の書斎に行った。牧師が怒りに声を荒らげるのが聞こえてきて、アガサはにやっとした。「ここは探偵事務所じゃない。それにきみは相変わらず、あの女の馬鹿騒ぎに首を突っ込んでいるんだな」

アガサは自分の携帯電話を取り出して、ウィルクスに電話した。忙しいので話せないとそっけなく言われた。

「いまいましいったらない」アガサはぼやいた。「時差ボケだから家に帰って寝るわ」

コテージに着いて最初に目に入ったのは、ドアの階段にうずくまるようにすわっているトニの姿だった。

アガサはあわてて車から降りた。「あらまあ、トニ。何があったの？」

「シャロンのことで。姿を消したんです」

「ええ、まさか。入って」

「どこに行っていたんですか？」

「アメリカにいたの。キッチンに来て、シャロンのことを教えて」

「数日前にあたしの部屋に来て、あなたにクビになったから泊まるところが必要だって言いました。正直なところ、また彼女に部屋を散らかされるかと思うと耐えられなかった。だから、家に帰った方がいいって勧めました。彼女はわあわあ泣きだして。どうしてクビにしたんですか？」

「わたしはドラッグをやっていることで叱っただけ。彼女は仕事なんてくそくらえって言って、侮辱的な言葉を吐き捨てると出ていった」

「クラブを回って彼女を捜したんです。彼女はずっといろんなバイカーたちとつるんでいたので。連中は評判が悪いんです。とりわけジャズ・ベルターってやつ、すごい年寄りなんですよ！」

「何歳ぐらい？」

「四十代です」

アガサは顔をしかめた。

「頭が禿げかけていてポニーテールで。よくいるタイプです。彼がシャロンにドラッグをあげてたんだと思います。バイパス沿いの〈シャムロック〉ってパブに、二人でよく現れています」

「トニ、またシャロンを仕事に復帰させることはできるけど、まずドラッグと手を切らせなくてはならないわ」

「だけど、どこにも見つけられなくて！」

「警察に連絡した？」

「まだです」

「コーヒーを淹れてくれる？　わたしがすぐに警察に電話する。ちょっと待って！ご両親が行方不明の届け出をしたんじゃない？」

「いいえ、彼女はあたしと暮らしているって話してたので」

「ビルに電話するわ」

ビルは署にいて、シャロンが行方不明だというアガサの話に耳を傾けた。

「彼女は見つかりましたよ」ビルは静かに言った。

「ああ、よかった。かわいそうなトニはとても取り乱していて――」

「アガサ！　聞いてください！　シャロンは亡くなったんです」

「どうして？　いつ？」

「数時間前に発見されました。刺されて、裏通りの街灯に吊されていました。口にはマリファナが詰めこまれていた。ぼくはバイカーを何人か知ってます。学校がいっしょだったから。シャロンは酒を飲み、ドラッグをやり、実は麻薬の潜入捜査官として仕事をしているんだ、と吹聴した。ボーイフレンドのジャズ・ベルターに捨てられたばかりだったので、彼を脅そうとしたんじゃないかと思います」

「誰がやったの？」

「今、ジャズを捜しているところです」

「すぐに合流するわ」

「あなたには何もできませんよ。今夜はぐっすり寝てください」

アガサはのろのろと受話器を置くと、蒼白な顔でトニを見た。

アガサがシャロンの身に起きたことについて説明すると、トニは悲嘆に暮れて泣きだし、全身を震わせてしゃくりあげた。

アガサは途方に暮れて、トニの周囲をうろうろしていた。どうしたらいいかわからなかった。ハグしてあげるべきなのかしら。そこでリビングに行くと、ミセス・ブロクスビーに電話した。彼女はすぐに行くと言ってくれた。

十五分後、アガサはスパスパ煙草をふかしながら、庭を行ったり来たりしていた。

一方、ミセス・ブロクスビーは慰め役の務めを果たしているところだった。開いたキッチンのドアから、牧師の妻のなだめる声が聞こえてきた。

「もちろん、シャロンの死はあなたとは何も関係ないのよ、トニ。彼女がドラッグをやりはじめ、悪い仲間に入ったのはあなたの責任じゃない。誰かが死にかけると、誰でも罪悪感を覚えるものよ。こうしたら、ああしたらよかった、何か自分にできたんじゃないかって。さあ、涙をふいて。いえ、コーヒーはだめ。この熱くて甘いお茶を飲んで。ショックにはこの方がいいわ。荷物をまとめて、今夜はうちに泊まってね」

アガサは二人といっしょに行こうとしたが、ミセス・ブロクスビーが小さく頭を振って止めた。

猫たちはドリス・シンプソンがまだ面倒を見てくれていた。

「わたしの面倒を見てくれる人がいればいいのに」アガサはつぶやいた。

「わたしの肩はあまり広くないけど、よかったら寄りかかってみるかい」聞き慣れた声がした。

「チャールズ！」アガサはわっと泣きだした。

「おや驚いた！　鉄の女のアガサに何が起きたんだ？　さあ、おいで。立つんだ。リビングに行って一杯やりながら、洗いざらい話してごらん」

アガサがシャロンの死とフィラデルフィアへの旅についてさんざんしゃべっているあいだ、チャールズはじっと耳を傾けていた。

「お手柄じゃないか」話し終えると彼はほめた。「トム・コートニーは怪しいと思っていたんだ。シャロンの方は、うーん、ああいう子はたいてい悲惨なことになりがちだけど、きみには予見できなかっただろうね」

「どうして何か言ってくれなかったの？」

「従ったかい？」

「いいえ、たぶん」

「彼女にクラブに潜入して、このバイカーたちについて調べろ、と指示したのかい？」

「まさか」

「じゃあ、大丈夫だ。実に残念なことだが。今夜はもう何もできないから、少し寝よう。車から荷物をとってくるよ」

しかし、チャールズが戻ってきたとき、アガサはすでにぐっすり眠りこんでいた。

彼はアガサの両脚を持ち上げてソファにのせると、二階に行って掛け布団をとってきて彼女にかけた。それから、予備の寝室に上がっていった。

翌朝早くドアベルが甲高く鳴り、アガサは目を覚ました。よろめきながらソファから立ち上がり、玄関に行った。

女性警官が立っていた。「ミセス・レーズン、署に来て、供述をしていただきたいんです」

「顔を洗って着替えるから数分待って」アガサはうめいた。「中に入る?」

「車で待っています」

アガサは手早くシャワーを浴びて着替えた。それから予備の寝室に行くと、チャールズが平和に眠っていた。彼女は彼を揺り起こした。「警察署に行かなくてはならないの。あなたも来てくれる?」

彼はあくびをして、横向きになった。「きみは一人で大丈夫だよ」

「わたしの人生、いつもそう言われるのよね」アガサはつぶやくと、足音も荒く階段を下りていった。

6

アメリカの警察が目下、トム・コートニーと妹を追っていることをアガサは知らされた。トムはアガサがアメリカに飛んだ翌日、イギリスを出国した。ハリエット・テンプルはとうとう口を割り、最初は浮気しているので口実が必要だとエイミーに頼まれた、と説明した。殺人事件後にハリエットは記事について読み、エイミーに電話したが、ひとことでもしゃべったら殺すと脅された。ドクター・ベアンズは困惑して泣きながら、妻がどこにいるのかまったくわからないと言った。コートニー兄妹は銀行口座を空にして、行方をくらましていた。

二人ともすばやく行動に出たものだ、とアガサは思った。アガサの訪問を妹が電話で伝え、すぐにトムは出国したようだ。

「二人がつかまって送還されたら、コートニーは母親とジョン・サンデー殺害の容疑で起訴されることになるでしょう」

「だけど、どうやってジョン・サンデーを殺したのかしら？」

「彼は母親が住んでいる場所を知っていた。サンデーの殺害はただの目くらましの仕掛けですよ」

「でも当時、彼が入国したという記録はあるんですか？」

「いや、それについては調べているところです。妹がハリエットに対して仕組んだように誰かをだまし、別人のパスポートを手に入れたのかもしれない。彼は着々と準備していたんです。彼も妹も、たびたびドラッグと鬱で入院していたことがわかっています。二人とも自己愛性パーソナリティ障害だという精神科医の診断もある。二人はミセス・コートニーが最初の結婚でもうけた子どもたちなんです。すでに村で殺人が起きているから自分が疑われることはない、とトムは考えたのでしょう」

「なぜわたしを雇ったのかしら？」

「あなたには何も発見できない、と自信満々でしたよ。『ただの村の探偵』を雇って失敗したが、何でも試してみるつもりだ、とビル・ウォンに言ったようです」

「ジョン・サンデーの殺人事件は彼とは関係ないと思います」アガサは言った。「こちらはあまりにも単純な犯行だもの」

「たしかに。しかし、われわれに関しては、殺人事件は解決しました。アメリカの警察はいずれ彼から自白を引き出すでしょう」

「彼を逮捕できたらね」アガサは皮肉を言った。「今はシャロンを殺したろくでなしをつかまえるために、全力を傾けたいの」

「ご心配には及びませんよ。ジャズ・ベルターが犯人でした。本名はフレッド・ベルター。留置場にぶちこんであります」

「どうしてそんなにすぐ逮捕できたの？」

「亡くなった少女が発見された一帯を見晴らすマンションがあり、そこに住んでいる老婦人にウォン刑事が聞き込みをしたんです。彼女は夜あまり眠れなくて、ベルターがシャロンを車のトランクからひきずりだし、口にマリファナを詰め、街灯にロープをひっかけて――昔ながらの街灯だったんです――吊すのを目撃していたんです。逮捕されたときベルターはすっかりラリっていたんで、四人がかりで押さえつけて手錠をはめなくてはならなかった」

アガサは落ち込んだ気分で警察署を出た。かわいそうなシャロンが殺された事件に複雑な事情があったとわかれば、少女の死をこれほどむなしく感じなくてすんだのかもしれない。

夜遊びに出かけるシャロンとトニをオフィスの窓から見送ったときのことが、まざまざと甦《よみがえ》った。あの夜、二人は笑いながら肩を組んで出かけていったのだった。

アガサはオフィスに行った。パトリックとトニは仕事で出ていた。ミセス・フリードマンは買い物をするために出かけていて、フィル・ウィザースプーンが電話番をしていた。フィルは七十代の真っ白な髪をした物静かな男性で、スリムな体形を維持しカメラマンとしても優秀だった。

「シャロンの件は残念でした」フィルは言った。「ミセス・フリードマンはもうすぐ帰ってくるでしょう。今やっている仕事について報告しましょうか？」

「今はいいわ。ジョン・サンデーの殺人事件について考えてみたいの。シャロンの死から気を逸らすためにも」

「じゃあ、コートニーがやったとは思っていないんですね？」

「ええ。村の誰かだって気がしてならないの。わたしのような人間は、村の生活のことや、生粋の村人が心の底で何を考えているかについて、本当のところは理解できないんじゃないかと思う。いわゆる村の暮らしを描いたテレビシリーズは現実とまるっきりちがう。すべて政治的に正しいから。地元に軍隊を引退した少佐がいたら、彼はファシストか隠れゲイだし、ロマは決まって善良で理解不能な人間じゃない。八件の殺人が起きたのに、記者が一人も来ないドラマを見たこともあるわ」

「たしかに。オドリー・クルーシスには観光客立ち入り禁止地区みたいな場所があると思います。トムが誰かに殺人を依頼したのでなければ……ああ、ミセス・フリードマンが帰ってきた。ジョン・サンデーのファイルを持ってきましょうか？」

「いえ、その必要はないわ。すべてパソコンに入れてあるから」アガサは言った。

アガサは濃いコーヒーを持ってくると、煙草に火をつけた。ミセス・フリードマンはため息をこらえて窓を開けた。アガサはパソコンの前にすわり、フィルの写真がつけられた報告すべてに目を通しはじめた。それから言った。

「抜けているものがあるわ」

「何です？」フィルがたずねた。

「ジョン・サンデーはどこに住んでいたの？」

「それなら覚えています。テラスハウスです。ミルセスターのオックスフォード・レーン。パトリックによると、警察は殺人に関係するものを何も見つけられなかったそうです」

「で、その家は誰のものになったの？」

「ノートを見るのでちょっと待ってください」

「フィル、他の情報といっしょにここに入れておくべきでしょ」

アガサはいらだちのあまり唇を噛んだ。ミリアムが殺されたとき、ふたつの殺人事件が関係していると、あまりにも安直に推測したのは失敗だった。

「ありました」フィルがノートを持って戻ってくると、ページを繰った。「ああ、ここだ。パトリックといっしょに行ったんです。オックスフォード・レーン七番地。二階にふた部屋、一階にふた部屋のテラスハウス。狭い前庭。近隣はややさびれている。サンデーは一度も結婚しなかった。姉が家を相続。ミセス・パーカー。たぶんもう売ったかもしれない」

「まだ売っていないかも。もしかしたら何か残っているかもしれないから、内部をぜひ見たいわ。そこに行ってみましょう」

家は小さく、前庭は雑草だらけだった。アガサが門を開けると、隣人がドアを開けて呼びかけた。「あんた、片付け代行業者の人?」

「ええ」アガサはとっさにそう答えた。

「ちょっと待って、鍵をとってくるから」隣人は言った。「ミセス・パーカーはまだ北にいるんだけど、明日こっちに来るのよ。ずっと体調が悪くて、これまで弟の家のことは何もできなかったの。彼女と弟はずっと前にけんかして音信不通だったから、家財は一切いらないそうよ。彼が殺されてから――気の毒にね――一度来て、いくつかのものを持ち帰ったけど、残りはすべて捨ててほしいって」

「こんな真似をするのはまずいですよ」フィルがささやいた。

「しいっ！　願ってもない機会よ」

隣人が鍵を持って戻ってくると、アガサは言った。「ミセス・パーカーが家を売りに出すためにわたしたちを呼ぶまで、ずいぶん時間がかかりましたよね」

「ああ、言ったように健康がすぐれなくて、時間がとれなかったのよ。終わったら、鍵を返してね」

中に入ると、フィルが怒った。「本物の業者が来たらどうするんです？」

「玄関ドアは開けたままにしておきましょう」アガサは言った。「業者が到着するのが聞こえたら、裏口からこっそり出ればいい」

階下には暗い廊下の片側にリビングとキッチンがあり、反対側に書斎があった。二階には二寝室とバスルームがひとつ。

「まず書斎からとりかかるべきね」アガサは言った。「もっとも姉が返却を求めるまで、警察がすべての書類を保管しているにちがいないけど」

「わたしは別の部屋を見てきます」フィルは言った。「どうするつもりなんですか、アガサ？　本物の業者が来たら、隣人はわれわれを警察に通報して人相を説明しますよ」

「彼女はかなり近眼みたいだったわ」アガサは楽観的だった。

フィルは別の部屋に去り、アガサは片っ端から捜しはじめたが、警察がありったけの書類を持ち去ったことはあきらかだった。裏側にテープで何か貼られているかもしれないと思って引き出しもはずしてみたが、何もなかった。ただ、いちばん下の引き出しの裏側には「A119X」とフェルトペンで書かれていた。アガサはそれを書き留めた。

秘密の隠し場所がないかと一時間以上捜したが、何も見つからなかった。部屋には最小限の必需品しかなく、がらんとしている。ジョン・サンデーはパズルやジグソーが好きなようだった。住人の個性を反映したものは、ジグソーパズルの箱やクロスワードの本をおさめたリビングの書棚ぐらいで、写真は一枚もなかった。暖炉の上の鏡に陰気な部屋が映っている。おそらくこのテラスハウスはかつて労働者のために建てられたのだろう、とフィルは思った。というのもテラスは北向きでほとんど日差しが入らないし、建築レンガは粗悪なものだったからだ。

茶色のコーデュロイが張られたみすぼらしいソファのクッションの下や、二脚の肘掛け椅子の隙間まで捜した。フィルは二階の片方の寝室だけが使われていて、もう一室はまったく空っぽだと報告した。

外に出て鍵をかけたとき、アガサはアイディアが閃いた。隣人に鍵を戻すと、若い頃のバーミンガムの訛りでしゃべった。「すんごいまちがいをしちゃって、奥さん。本当は角を曲がったオックスフォード・テラスの家だったんだよね。どうかミセス・パーカーには黙っておいてください。さもないとまずいことになるんで」

隣人はじろっとアガサを見た。「まあ、心配しないでいいさ、あんた。誰でも年取るとそうなるもんだから。あたしなんて、きのうやかんをかけたのを忘れて掃除していたら、水がなくなってあわや焦げつくところだった」

「あの女は見る目がないわね」アガサは不機嫌そうにフィルにつぶやいた。「おなかがすいたわ。ランチにしましょう」

二人はミルセスターの〈ジョージ〉でパブランチをとることにした。

「A1119Xが何を示しているのか知りたいわ」アガサは言った。「それに、どうして引き出しの裏側に書かれていたのかも。彼はパズル好きだし、意地悪で腹黒い性格だったから、安全な貸金庫を利用する代わりに、面倒な手間をかけても何かを秘密はまだ古いカードシステムを利用しているんですよ」

「図書館だ！」フィルがいきなり言いだした。

「図書館がどうしたの？」

「A119Xは、ミルセスター公共図書館の本の背表紙についている番号じゃないかな。村に移動図書館のバンが回ってくるんで、わたしも何冊か借りています。図書館はまだ古いカードシステムを利用しているんですよ」

図書館で司書にたずね、A119Xはパーシヴァル・ブライト・シメル著の『蟻のところに行け』という本だということがわかった。「その本は返却されていないです」司書は言った。「本の返却期限が過ぎていることを知らせる手紙を送るつもりでした。でも、ジョン・サンデーが殺されたと知って、紛失本としてあきらめるしかありませんでした。近く総点検の予定なので、すぐに蔵書リストから削除されるでしょう。あの本を長く借りていた人は他にいませんでした」

「どういう本だったんですか？」フィルはたずねた。

「宗教的ノンフィクション部門にあった本です」

図書館を出ると、アガサは言った。「サンデーの家に戻って書棚を捜さなくちゃならない。あの本のどこがそんなに重要だったのかしら？」

しかし、サンデーの家に戻ってみると、外に〈パーソンの片付け代行〉と書かれたバンが停まっていた。ドアは開きっぱなしになっている。アガサは隣の家の方を用心深く窺ったが、鍵を渡してくれた隣人の姿は見えなかった。

「どうするつもりなんです？」アガサが開いたドアに近づいていくと、フィルが声をひそめてたずねた。

「大丈夫、任せて」アガサは言うと、中に入った。二人の男が家具を梱包していた。

「わたしはミルセスター図書館の者です」アガサは言った。「この家の以前の住人が図書館の本の一冊を返却し忘れているんです。ちょっと探してもかまいませんか？」

「いいよ」一人が言った。「おれたちはまだ本にとりかかってないから」

フィルはしぶしぶアガサのあとをついていった。二人は書棚を捜しはじめた。「パズルばっかり」アガサはつぶやいた。「もしかしたら本の後ろにあるのかもしれない」本を引っ張り出していった。フィルは椅子に上がって、上の棚を捜していて叫んだ。「ここに何かあったぞ。ああ、これだ。本の裏側に、これといっしょにころがっていた」

「これ」というのはウィスキーのボトルだった。「おい！」業者の一人が叫んだ。「そのボトルは家の中身の一部だ」

「どうぞ」アガサは言った。「わたしたちがほしいのはその本だけだから」

二人はウィスキーのボトルを渡すと、本をつかんで家を出ていった。

「隣人に見られたらどうするんです？」フィルがそわそわとたずねた。「本当は角の向こうの別の家だったと説明したでしょう」

「あら、同業者同士で話していると思うだけよ」アガサは気にも留めなかった。「オフィスに戻ってじっくり調べてみましょう。だけど、たいした本じゃないわね」

『蟻のところに行け』は薄くてみすぼらしい本で、表紙には、金髪で青い瞳のイエス・キリストが誰かを責めるように指さしている絵が描かれていた。どちらかと言えば、第一次世界大戦のポスターの「国はきみを求めている」を連想させた。

二人がオフィスに入っていったとき、トニはパソコンの前でメモを打っていた。アガサはトニが青ざめ、沈んだ様子なのに気づいた。若い人をもう一人雇わなくちゃ、と思った。それで少し元気が出るかもしれない。シャロンが殺されたことでトニが憔《しょう》悴《すい》していることは、アガサにも痛いほどわかっていた。

「その仕事をやめて、トニ」アガサは言った。「こっちを助けて」どうやって、そしてなぜ、その本を見つけたかをトニに話した。

本は一九二六年に書かれた詳細な宗教的小冊子だということがわかった。キリギリスのように行動して飢え死にしたり、救貧院で暮らすことになったりした不幸な人々について、教訓的な物語がいくつもつづられていた。

「彼は宗教的な人間ではなかった」フィルが言った。「何人もの教区民とトラブルを起こしていたんですから。ここには手がかりはなさそうだ。アンダーラインが引かれた言葉もない」

「見せてください」トニが薄い本を手にとり、ぱらぱらとページをめくった。「あ、何か見つけたかも」彼女は片手をあるページに滑らせた。「いくつかの文字がピンで突かれています」

「やったわ！」アガサはペンをとった。「文字を読み上げて」

「このページはuとnです。次のページはなし。ちょっと待って。別のページはdとeです」彼女が本のページを順番にめくって文字を拾っていくと、ひとつのメッセージが現れた。「庭の小屋の下」

「今夜、また家に行った方がよさそうね」アガサは言った。「だけど、どうして自分自身に秘密のメッセージを残したの？　庭の小屋の下に何かを埋めたなら、わざわざどうしてこんな手間をかけたのかしら？　またあの家に行く気はある、フィル？」

トニはフィルが躊躇《ちゅうちょ》しているのに気づき、アガサに言った。

「あたしがいっしょに行きます」

「帰って、少し休んでちょうだい」アガサは言った。「真夜中頃に迎えに行くわ」

コテージに戻ると、チャールズの姿はなかった。ふいに寂しくてたまらなくなった。彼が勝手気ままに来たり帰ったりすることには、もう慣れているはずなのでは？　恩知らずの猫たちはなでられると身をよじって逃げていき、キッチンのドアのそばに立って庭に出してくれとせがんだ。

ラザニアを電子レンジでチンして、キッチンのテーブルで滅入った気分で食べた。新聞に探偵見習いの広告を出すことにした。若い人間を指導するようになれば、トニもシャロンのことをくよくよ考えずにすむかもしれない。トニの部屋から出ていけとシャロンに言わなかったら、どうなっていただろう？　まだ彼女は生きていた？　いや、彼女はトニの部屋にまでバイカーたちを連れてきたかもしれないし、そうなったら、一人ではなく二人の死体が発見される羽目になっただろう。

アガサは黒い服に着替え、十一時半に目覚まし時計をセットするとソファに横になった。眠りに落ちていきながら、庭に出るドアにどうして猫ドアをとりつけなかったのだろう、と考えていた。

ジョン・サンデーの家の角を曲がったところにアガサは駐車し、トニといっしょに人気のない通りを足音を忍ばせて歩いていった。小糠雨《こぬかあめ》が降っていて、通り沿いの木々から滴がポトポトと落ちてくる。

二人は門をそっと開け、裏庭に通じる家の横手のレンガ道を進んでいった。アガサは危険を冒して細いペンライトの光をつけ、狭い庭をぐるっと照らしてみた。刈っていない芝生、月桂樹の茂み、そして右隅には小さな小屋の黒い輪郭が見てとれた。

アガサはもう一度ライトをつけ、小屋のドアを照らした。「南京錠がついてます」トニがささやいた。

「だろうと思ってた」アガサは言うと、手提げ袋からワイヤーカッターを取り出した。

「すぐに開けられるわ」

「だけど、お姉さんが切断された南京錠を見つけて、小屋に侵入されたと警察に通報したら？」

「別の南京錠を持ってきたわ」アガサは意気揚々と言った。「ちがいなんて誰にもわからないわよ」

彼女は南京錠を切断し、ドアを開けた。小屋は木の床だった。アガサはトニにペンライトを渡して言った。「あなたの方が目がいい。しゃがんで何かを隠した跡がないか探してみて。床全体をぶち割りたくないから」

トニは這いずり回って調べたが、首を振った。「何もありません」

「そうじゃないかと恐れていたの」アガサは憂鬱そうに言った。「床板をはがさなくちゃならないかも」

「ちょっと待って」トニが膝立ちになった。「この小屋は地面から少し上げられてます。外に出て、床下をのぞいてみたらどうでしょう?」

「そうね! やってみましょう。この新しい南京錠を念のためつけておくわ。誰かがやって来て、すぐに逃げる場合に備えて」

トニは湿った芝生に寝そべって、小屋の下をペンライトで照らした。

「ここに何かあります」

隣から声が聞こえた。「おまわりさん、ミスター・サンデーの庭から声が聞こえるんです」

「最低最悪」アガサは罵った。「急いで、それを持って逃げるわよ」

トニは小さな金属製の箱をひきずりだした。二人は庭のはずれまで走り、トニは箱をつかんだまま門を飛び越し、アガサは手提げ袋を放り投げてから木製の門をよじ上り、ドスンと反対側の小道にころがり落ちた。

「静かに」トニはささやいた。小道を走っていくアガサは象が突進していくみたいな音を立てていたのだ。

アガサの車までたどり着くと、ほっとしながら発進した。


コテージに戻ると、トニはキッチンのテーブルに金属製の箱を置いた。

「鍵がかかってます。どうしますか?」

アガサは流しのそばの引き出しからノミを取り出した。鍵のわきの隙間にノミの先を入れて、思い切りひねると、大きなパチンという音がして蓋が開いた。

丈夫な白いビニールにくるまれた包みが現われた。アガサはキッチンばさみで切って開けた。写真と手紙が入っていた。「これを見て!」アガサは興奮して叫んだ。

「裸のティリー・グロソップよ、どこかの男の上に乗っている。だけど、この男は誰?」

「こんなに顔がゆがんでいたら見分けられませんよ。でも、サイレンセスターの市長にかなり似ていますね。パソコンで調べて、写真を手に入れてきます」

「お願い。わたしは残りのものを調べている。まあ、驚いた！」

トニは戸口で足を止めた。「何がです？」

「ペネロペ・ティムソンの写真よ、牧師じゃない男性と熱々でいちゃついている。あの腹黒い小男はいろんな人を恐喝していたにちがいないわ」トニがパソコンの方に行ってしまうと、アガサは数通の手紙を調べた。知らない人から、やはり知らない人へ宛てた情熱的なラブレターだった。

煙草に火をつけ、どうするべきか考えこんだ。トニが戻ってきた。

「ええ、やはり市長でした。明日行って、市長と対決しますか？」

「いいえ」アガサは言った。「彼は弁護士を呼ぶでしょう。警察も呼ばれる。わたしたちはどこでこれを手に入れたのか？　どうして証拠を隠していたのか？　って問い詰められる。それにペネロペ・ティムソンはミセス・ブロクスビーの友人よ。写真は隠しておくわ。触ったところをきれいにふいて、包みは警察に送りましょう。いえ、それではだめだわ。警察に見つけさせないと。どうしよう、箱を戻さなくちゃならない」

「これとそっくりな金属製の箱を持ってます。ちゃんとしたアクセサリーケースを買うまで、それにアクセサリーをしまっていたんです。それをとってきますから、中身を入れて小屋の下に戻しておけばいいですよ」

「で、どうやって警察に見つけさせるの？」

「電話ボックスから電話します。便利な小物を手に入れたので。ポータブル変声器です」


今回は物音を聞かれずに庭に入って出てくることができた。アガサは警察署に電話し、二人は高速道路沿いの終夜営業のレストランに行って、早い朝食をとった。ソーセージ、ベーコン、卵、フライドポテト、ブラックコーヒー二杯の朝食をとると、アガサは言った。

「まず、二人とも睡眠をとりましょう。それからミセス・ブロクスビーにペネロペについて打ち明け、ペネロペに話してみるように提案する。さて、大きな疑問はティリー・グロソップね。彼女とサンデーはいっしょに市長を恐喝していたのかもしれない。だって、あの写真を撮るには、誰かが近くにいなくてはならないでしょ」

「ティリーに話を聞いてみましょうか？」

「だったら、パトリックの方が適役だと思うわ。彼はまだいかにも警官って感じだから、怯えた彼女は自白か何かをするかもしれない」

アガサは数時間眠ってから、朝の九時にオフィスに行き、パトリックに指示を出した。それからミセス・フリードマンに新しい探偵募集の広告を出すように頼んだ。

「探偵見習いよ、いいわね」アガサは念を押した。「ギャップイヤー（在学中や、卒業後に就職するまでの時期に、留学やインターンシップ、ボランティアなどの社会体験活動をおこなうため、大学が猶予期間を与える制度）中の学生だと都合がいいわ。ミセス・ブロクスビーにちょっと相談に出かけてくる。午前中は暇みたいね。いっしょに来る、トニ？」

トニは承知した。彼女は亡くなった友人シャロンのことでまだ落ち込んでいたので、牧師館でミセス・ブロクスビーに会えば穏やかな気持ちになれ、慰めを得られる気がした。

書斎の牧師の大声の抗議「この場所はピカデリー・サーカスみたいになりかけている！」にもかかわらず、ミセス・ブロクスビーは二人を牧師館のリビングに招き入れた。外では雨がしとしと降っていた。「バーベキュー日和の夏になるって言ってたのに」アガサは言った。「今年イギリスで休暇を予約した家族はがっかりね」

「イギリス人の観光旅行っておもしろいわ」ミセス・ブロクスビーがキッチンからお

茶とスコーンを山盛りにしたトレイを運んできた。「飛行機でいろんな国に飛ぶだけで、他の人種や文化については全然理解しない。まるで池の上を飛び回るトンボみたい。その下の濁った水の中は見えないのよ。いつになく深刻そうな顔ね、ミセス・レーズン」


アガサは大きなバッグを広げて、白い封筒を取り出すと、牧師の妻に渡した。

「それを見る前に、どうやって手に入れたのか説明しておくわ」

アガサはサンデーの庭の小屋の下で箱を見つけた経緯を話した。

「その封筒の中の写真だけは抜いておいたの。残りは警察に証拠として提出するつもりだけど、まずあなたに相談しようと思って」

ミセス・ブロクスビーは写真を取り出すと、ゆっくりとすわりこんだ。

「まあ、なんてこと。どうしたらいいのかしら？」

「あなたはペネロペを知っているから、いっしょに彼女のところに行き、穏やかに訊いてみた方がいいんじゃないかと思ったの。ミセス・ティムソンが殺人をするような人間だとは、わたしにはとうてい思えない。ただ、彼女がいわゆる悪人と関係があったかもしれない、とあなたが思うなら、これは匿名で警察に送ってもいいわ」

「お茶とスコーンをどうぞ」ミセス・ブロクスビーが勧めた。「お茶とスコーンは心を静めてくれるわ」

「ミセス・ティムソンについてスキャンダルを耳にしたことがありますか？」トニが質問した。

「まったくないわ。ああ、すべて警察に任せた方がいいのかもしれない。たぶん女性警官が訪ねていき……」

「おそらくコリンズ部長刑事を送りこむでしょう。コリンズは彼女を死ぬほど震えあがらせ、きっと村の人全員の前で手錠をかけて連行するわ」アガサが激しい口調で言った。

ミセス・ブロクスビーはため息をついた。

「いっしょに行った方がよさそうね。まったくねえ、こういう村は不道徳の巣窟《そうくつ》になりかねないのよ」

アガサの車でオドリー・クルーシスに出発したとき、雨は止んでいた。日の光が道の水たまりや、頭上の木々から落ちてくる雨の滴を輝かせている。牧師館の前で車を降りたとき、空気は甘くすがすがしい香りがした。

ペネロペが玄関に出てきて、三人を見ると微笑んだ。

「どうぞ入って。ジャイルズは教会の方に行っているの」

「よかった」アガサは言った。「あなたに会いに来たので」

「こちらへどうぞ。コーヒーはいかが？」

「いえ、今飲んできたばかりですから」アガサは断った。彼女はバッグを開けて、封筒を取り出すと、写真を抜いてペネロペに渡した。ペネロペはソファの隅にすわりこむと、体を丸め、やせた体を両腕で抱きしめた。ミセス・ブロクスビーはその隣にすわると、慰めるように肩を抱いた。「ミセス・ティムソン、ミセス・レーズンはこの写真を警察に見せないことで、大きな危険を冒したのよ。ミスター・サンデーはあなたをゆすっていたの？」

ペネロペは大きく息を吸うと、泣きだした。トニはサイドテーブルのティッシュの箱をとり、彼女に渡した。アガサは牧師がこの場に入ってきませんようにと祈りながら、辛抱強く待っていた。とうとうペネロペは震える息を吐き出した。

「ええ、そうなの」

「この人は誰ですか？」アガサはたずねた。

「訪ねてきたアメリカ人宣教師よ。彼にコッツウォルズを案内するようにジャイルズに言われたの。わたしたちは親しくなった。彼は奥さんに先立たれていたんだけど、とてもおもしろいジョークをしじゅう口にする人でね。ジャイルズは一度もジョークなんて言ったことがなかった。ただ、ジョークっていうのは誘惑的なものにもなるのよ」彼女は悲しげに言った。

「それで浮気をしたのね！」

「あら、まさか！」ペネロペはショックを受けたようだった。「その写真は彼が出発する朝のことよ。教会の庭にすわっていて、彼は世話をしてくれたお礼を言い、わたしを抱きしめるとキスした。そして笑って言ったの。『こんなことはするべきじゃなかった』。わたしは『ええ、そうね』って答えた。それから彼はわたしの肩を軽くたたき、夫にさよならを言うために家に入っていった」

「その後、サンデーはあなたを恐喝しはじめた？」

「正確に言うとちがうわ。三日後、ジャイルズが隣の教区に行っているときにやって来て、わたしに写真を見せた。わたしはただのキスだと説明したけど、ご主人がこの写真を見たら信じないだろう、とサンデーは言った。わたしは何が望みなの、とたずねた。彼は悪意のこもった笑い声をあげて、また戻ってくると言って帰った」

「で、それはいつのこと？」ミセス・ブロクスビーはたずねた。

「彼が殺される三日前よ」ペネロペはささやいた。「抗議集会の前日に電話してきて、集会を止めないなら写真をジャイルズに送るって言った。わたしはもう耐えられなかった。恐喝者は永遠に去らないってよく言うでしょ。だから、ジャイルズに打ち明けたの」

ミセス・ブロクスビーは同情をこめて言った。

「ジャイルズはさぞ怒ったでしょうね」

「それよりも悪かった。主人はげらげら笑ったのよ。『忘れなさい』彼は言った。『だって、ちょっと鏡を見てごらん。アメリカ人の愛情表現が大げさだってことは周知の事実だ。わたしがサンデーに会って来るから、二度とうるさいことは言ってこないだろう』サンデーが殺されたあと、わたしは主人にたずねたの、警察に何か言ったのか、サンデーとは会ったのかって。そうしたらサンデーに会う時間はなかったし、馬鹿げた写真のことを警察に話すつもりは一切ない、って言ったの」

まずい真似をしちゃったわ、とアガサは惨めな気持ちになった。この写真は残しておいて警察に発見させるべきだった。ペネロペのことは信じる。だけど、ジャイルズは厳しく取り調べられて行動をチェックされるだろう。ジョンが刺されたとき、彼は集会にいなかったのだ。

「とりあえず、これは棚上げにしておきましょう」アガサは言った。

牧師館から帰るときに、ミセス・ブロクスビーが言った。「どこか静かな場所に行きましょう。何か思い出しかけている気がするの」

「このあたりではわたしのキッチンがいちばん静かよ」アガサは言うと、自宅の方角に向かった。

アガサのキッチンにすわると、ミセス・ブロクスビーがまず口を開いた。「たしか去年の秋だったわ。訪ねてきた宣教師のことも覚えている。サイラス・カットラーという名前よ。アメリカのどこかの監督派教会から来たアメリカ人。小太りで陽気な男だった。その当時、ミセス・ティムソンは外見に気を遣うようになり、メイクまでしていた」

「ペネロペ・ティムソンは言葉で虐待されているの？」アガサはたずねた。

「ああ、よくある結婚生活でのやりとりよ。『顔についているその汚れはなんだ？馬鹿だな』とか、たいていそんな感じ。ジャイルズはかなり冷たくて、人をいらだたせるタイプの男性なの」

「彼にいくつか質問をするべきだった」

「とんでもない、ミセス・レーズン。彼は警察に証拠を隠していたことで、冷ややかにあなたを非難したでしょうね。そして自分で写真を警察に持っていき、あなたはかなりまずい立場になっていたでしょう。ミスター・ティムソンは妻が不貞を働くことができるとは、これっぽっちも考えていないと思うわ」

「それに市長に話を聞くこともできない。警察はわたしがどうやって市長のことを突き止めたのか不審に思うだろうから。数日放置しておいて、パトリックに警察のコネを通じて様子を探ってもらうのがよさそうね」


アガサはトニに探偵見習いの応募書類を調べて、数名の候補者を選んでもらえないかと頼んだ。しかしトニは友人の死にまだ落ち込んでいるようだったので、結局書類の束はアガサが自宅に持ち帰った。

求人広告では、応募の際には学校の卒業証明書と写真を添付するように書いておいた。

パトリックがコテージに訪ねてきたのでキッチンに招き入れた。キッチンのテーブルには履歴書と写真が散らばっていた。

「探偵見習いを探しているの。だけど、望みは薄そう。どういう用件なの？」

「いい知らせだ。トム・コートニーはワシントン郊外で逮捕され、母親を殺害した罪で起訴された。マウント・ヴァーノンで女性と暮らしていたんだが、女が警察に通報したんだ。彼女はトムが殺人容疑で指名手配されているとは知らなかった。ただトムが彼女のクロゼットや棚を整理しはじめ、一日に五回シャワーを浴びさせたので怖くなってきたんだ。出ていってくれと言ったが出ていこうとしなかったので、警察を呼んだ。警察もただの家庭内暴力かと思っていたが、鋭い警官が署に貼ってあった指名手配写真からトムの顔に気づいたらしい」

「彼はいつ送還されるの？」

「かなり時間がかかりそうだ」

「少なくとも、ここに彼が現れるんじゃないかと不安になる必要はないわね。妹のエイミーはどこなの？」

「わからない。トムは妹の行方は全然わからない、と言い張っている。夫にもまったく連絡がないようだ。姿を消す前に共同名義の口座を空っぽにしていった、と夫は文句を言っている。ともあれ、トム・コートニーはサンデーの死とは何の関わりもない、と主張している。もちろん最初のうち、こっちの警察はふたつの事件を結びつけたがっていたから、彼の話を信じなかった。しかし、情報屋から聞いたところによると、サンデーの庭の小屋の下から手紙と市長の猥褻写真が発見されたらしいので、仕方なくまた捜査を始めることになったようだ。ティリー・グロソップも市長も、写真は市庁舎でのパーティーで酔っ払ったあとの一夜限りの関係で、恐喝はされていないと言っている。サンデーはオフィスの他人のパソコンからメールを盗んで、金ではなく、権力を握るために利用していたようだ。だから、これほど苦情がたくさん来ているのにクビにならなかったんだ」

「すわって、パトリック。冷たいビールはどう？」

「うれしいね。運転があるが、一杯なら問題ないだろう」

警察を辞めても、パトリックは常に警官らしく見えた。短く刈った髪、憂鬱そうな顔、きちんとアイロンをかけた服にピカピカに磨いた黒い靴。

「発見された手紙と写真の人物の中で、ティリー・グロソップ以外はオドリー・クルーシスとは関係がなかった」パトリックは言った。「ティリーはまだ聴取を受けていて、パスポートを提出させられた」

アガサは自分が隠した証拠のことを思って、罪悪感を覚えた。

パトリックにビールのグラスを渡し、彼の向かいにすわって煙草に火をつけた。

「その応募書類を見て」アガサが言うと、紫煙がテーブルの上に漂った。「大半が履歴書もろくに書けないし、たいていメールの言葉遣いなの」

「テーブルの下に一枚落ちてるぞ」パトリックが言って、かがんで拾い上げた。「おい、これを見てくれ。『道化師たち《パリアッチ》』の舞台から逃げてきたみたいだ」

「パリ誰？」知的な引用は芸術方面の知識の欠如を思い知らされて大嫌いだったから、不機嫌になった。

「オペラの道化師だよ。〈モトリーと一緒に〉を歌うやつだ」

「見せて」

パトリックは写真を渡した。ティーンエイジャーの顔写真だった。ぼさぼさの黒い巻き毛に眠たげな大きな目、尖った鼻に大きな口。

「Aレベル試験で4か。優秀だな」パトリックが言った。「大学のローンを抱えたくないので、すぐに仕事を見つけたい。直感力があり勤勉で、人とうまくやっていける、とあるぞ。十八歳」

「彼を面接に呼んでみるわ」アガサは言った。「誰か若い人を入れて、トニに元気を出してもらいたいの」

「なんて名前だ？」

「サイモン・ブラック」

サイモンは翌晩七時にアガサのオフィスに入ってきた。彼はとても小柄だということがわかった。おそらく百五十七、八センチしかないだろう。かなりやせていたので、そのせいで頭がやけに大きく見える。眠そうなまぶたの下の目はとても大きく黒くて、ユーモアと知性できらきらしていた。アガサは『指輪物語』の登場人物みたいだ、と思った。

「自分について話してみて」アガサは言った。

「応募書類にすべて書いてあります」

「ちょっと、この仕事がほしければ、自分を売りこんでもらいたいわ」

「すわってもいいですか？」

「どうぞ」

サイモンは椅子を引き寄せて、アガサと向かい合った。黒ずくめの服装だった。黒いTシャツ、黒いズボン、ソックスと靴も黒。

「ぼくは人間観察力が鋭いんです」サイモンにはかすかなグロスターシャー訛りがあった。「本能的に相手が嘘をついているのがわかります。知能は平均以上で――」

「つまり、自己評価がとても高いということね」アガサはさえぎった。

「ということは、ぼくが自分を売りこんでいるのを聞いて腹立たしく感じるんですか？」サイモンはたずねた。心から知りたがっているような口調だった。

アガサはしぶしぶ笑顔になった。

「ごめんなさい、疲れる一日だったの。ご両親と住んでいるの？」

「いいえ、一人暮らしです。両親は亡くなりました。去年交通事故で亡くなったんです。遺産はたいしてないどころか家を売ったあとでも借金が残ったので、大学のローンを背負うよりも、まず仕事をした方がよさそうだと考えました。かなり借金があるので」

オフィスのドアが開いてトニが入ってきた。「デスクに忘れ物をしたので」

トニの悲しそうな顔を見て、アガサは胸をつかれた。ふいにいい考えを思いついた。

「トニ、こちらはサイモン・ブラックよ、明日からここで働くことになったの。サイモン、トニ・ギルモアよ。今、忙しい、トニ？」

「あ、いえ」

「小口現金から少しお金を引き出して、サイモンに一杯おごって、探偵業について教えてあげて。残業代は請求してね」

「わかりました」トニはだるそうに答えた。

「サイモン、明日九時にオフィスに出勤して。秘書に契約書を作らせるからサインしてちょうだい」

「ありがとうございます――」サイモンが言いかけると、アガサは片手を振った。

「さあ、二人とも行って」

アガサは二人が階段を下りて通りに出ていくのを待ち、立ち上がって窓辺に近づいた。二人は口をきかずに、一メートルほど離れて歩いていた。

7

警察署の向かいのパブ〈ジョージ〉で、サイモンはビールを、トニはラガー半パイントを注文した。

「どこの学校に行ったの？」トニはたずねた。

「ミルセスター・グラマースクール」

「あたしもそこに行けたんだ」トニは言った。「でも、母親に制服のお金がないって言われてあきらめた」

「そんな生徒たくさんいたよ。だから中古制服の店が学内にあるんだ」

「そうなんだ。母は当時ちょっと問題を抱えてたから。仕事の話をしよう。何を知りたい？」

「まずアガサ・レーズンはいいボスかどうか知りたい。きみは元気がないし、悲しそうに見えるから」

「いっしょに働いていた友だちを失ったから」

「あの子、シャロンって、殺されたんだよね？」

トニはうなずいた。

「仕事はそんなに危険なの？」

「ううん。めったに。たいていルーティンの仕事だよ——迷子のペットや子どもを捜すとか、不貞している妻や夫の調査。シャロンは悪い仲間に入っちゃったの。バイカーたち」

「グリーフカウンセリングを受けたことはある？」

「そういうのはしたことない。あたしは家族じゃなかったから。シャロンはただの友人だったし、だいたい死ぬ前には彼女にもううんざりしていたんだ」

「パイアト遊園地に行ったことはある？」

トニは驚いてサイモンを見た。「ないけど、どうして？」

「あそこには本当にえぐいジェットコースターがあるんだ。それ、飲んじゃって。これから行こう」

「なぜまた……？」

「じきにわかるよ」

サイモンは広場にバイクを停めていた。トニにヘルメットを渡すと、自分もヘルメットをかぶった。

「わけわかんない」二人が遊園地の入り口に着くと、トニは言った。

「ぼくを信じて」

「これまでジェットコースターって乗ったことがないの。気持ち悪くなるかも」

「大丈夫。ついてきて」

二人が安全ベルトをすると、ゴンドラはどんどん上がっていき、遠くにマルヴァン丘陵が見えた。てっぺんに着くと、トニはサイモンの腕にしがみついた。

「耐えられないかも」

ゴンドラは急降下し、トニは悲鳴をあげた。乗っているあいだじゅう、トニはバンシーさながらの悲鳴をあげ続け、最後にサイモンが助け降ろしたときは膝からくずおれそうだった。

「これ、何のためだったの？」彼女は弱々しくたずねた。

「悲鳴セラピーだよ。ぼくは両親が死んだとき、ここに来たんだ。仕事のことは心配いらない。やりながら学んでいくから。あ、見て。綿菓子だ。買ってくるね」

彼は軽い足取りで歩み去り、振り返って、トニにやっと笑いかけた。おかしな子、とトニは思った。道化師みたい。あと帽子と鈴があれば完璧だ。

だが、その晩はシャロンが殺害されたことを知ってから初めて、トニはぐっすりと眠った。

朝、サイモンは契約書にサインした。気前のいい給料に目を丸くし、アガサを見た。

「フルタイムで雇うつもりなの。あなたにピンときたから」アガサは言った。「ただし、まだ試用期間よ。小さな案件からやってもらうつもりだったけど、今新しい視点が必要なの。あなた、ジョン・サンデーの殺人事件についてどこかで耳にした?」

「はい」

「すべての報告書を読んでみてちょうだい。今日はそれに取り組んで、何かアイディアを出してもらいたいの。資料はすべて、そこのデスクのパソコンに入っているわ」

アガサはトニの悲しげな視線を感じて、いらだたしかった。たしかにシャロンのデスクだったことはわかっているけど、花輪とキャンドルを飾る余裕はないのよ。アガサはサイモンをスタッフたちに紹介した。

サイモンは仕事にとりかかった。アガサが別の案件について話しているのがぼんやり聞こえた。彼はトニについての思いを含め、すべてを締め出し、パソコンのファイルに集中した。前に恋に落ちたとき悲惨な目に遭ったので、二度とあんなふうに傷つきたくなかった。美しい外見と知性を備え、純粋で無防備なトニは危険な存在だった。

サイモンは報告書を読みながら、死にかけたサンデーが窓越しに現れたとき、牧師館の客間がどんな騒ぎになったかを想像しようとした。ミリアム・コートニーとミス・シムズを別にしたら、誰も部屋を離れた人はいないようだ。三十分後に顔を上げたとき、部屋は空っぽでミセス・フリードマンしかいなかった。

「ミス・シムズとミセス・ブロクスビー、なんですね?」彼は質問した。

「言っている意味がわからないわ」ミセス・フリードマンは言った。

「ファーストネームじゃないから」

「ああ、二人はカースリー婦人会のメンバーだからよ。あの会には古い伝統があって、ファーストネームは使わないの」

サイモンはそれからティリー・グロソップに集中した。彼女はサンデーと関係があったと報告されていた。彼女と市長の猥褻な写真を利用して、サンデーはティリーにただでセックスを要求したのだろうか?

おなかがぐうっと鳴り、驚いて時計を見た。「ランチに行ってきます」彼は言った。

「そのあと、実際に自分の目で見るためにオドリー・クルーシスに行ったと伝えておいてください。何か買ってきましょうか？」

「いいえ、サンドウィッチを持ってきたから。まずミセス・レーズンに電話して、あっちに行くって伝えた方がいいんじゃない？」

「ヘルメットをかぶって顔を隠し、たんにあの土地の雰囲気を感じてくるだけです」

サイモンはいちばん近い〈バーガー・キング〉に行き、ハンバーガーとフライドポテトで空腹を満たすと、バイクに乗ってオドリー・クルーシスに向かった。慎重に村を通り抜け、村の上の丘でバイクを停めた。

コッツウォルズならではの美しい場所を訪れる人々は、たいていオドリー・クルーシスのような谷間に隠れた村は通り過ぎてしまう。そしてチッピング・カムデンとか、ボートン＝オン＝ザ＝ウォーターとか、ストウ＝オン＝ザ＝ウォルドのような有名観光地に足を向ける。

村はとても静かだった。小さな三角形の村の広場を囲む古いカエデの木々のてっぺんを風が吹き抜けていく。目に見える限りのコテージはどれもとても小さく、さまざまなツタ植物に覆われていた――ウィステリア、クレマチス、バージニア・クリーパー。家そのものが植物の一部と化したかのようだった。

サイモンは教会に近づいていき、掲示板を眺めた。イベントの告知はほとんどが古くて色あせていたが、ひとつだけ最近留められた新しいメモがあった。「とても魅力的な年代物の家の貸間。ミス・メイ・ディンウッディに連絡を」そのあとに住所と電話番号が記されていた。

サイモンは携帯電話を取り出して、アガサに電話した。彼が話し終えると、彼女は甲高い声をあげた。「そこに住みたいですって？　危険かもしれないわよ。二人が殺されただけじゃなくて、わたしの友人は後頭部を殴られ入院した。それに、そこに住むのにどういう言い訳をするつもり？」

「両親が交通事故で亡くなったと――本当です。トラウマから回復するために平和と静けさが必要だと言います。聖職につくことに関心があるって」

「そうなの？」

「ミルセスター図書館を訪ねて、かなり教会について詳しくなりました。ぼく、溶けこむのが得意なんです」

「わかった。じゃ、試して、毎晩わたしに報告してちょうだい。二人だけの秘密にしましょう。オフィスには近づかないで。あなたは仕事を受けないことにした、とみんなには言っておく。敷金のお金はある？」

「はい。急がずにやるつもりなので、少し時間がかかると思います。彼女が住んでいる正確な場所を覚えてますか？」

「古い水車小屋に住んでいるの。お店の裏から小道が延びていて、その道をたどっていけばめざす家に出るわ」

サイモンは通り過ぎながら村の店を眺めた。陰気な店で、ボロボロの幕に「あなたの村の店——利用しよう、さもないとつぶれてしまう」と書かれていた。あそこで買い物をした方がよさそうだ、と彼は思った。たぶん、この土地ではスーパーマーケットに行くのは裏切り行為に思われるだろう。不思議だ。村は穏やかで平和な感じはしなかった。何百もの目に監視されているような気がした。

湿っぽい雑草だらけの小道を進んでいくと、草ぼうぼうの池のほとりに立つ古い水車小屋に出た。三号室のベルを鳴らすと、インターホンの声が入るように指示した。

メイ・ディンウッディは彼に会うなり、がっかりしたように「もっと年上の人だと思ってた」と甲高い声で言った。「年配の紳士かと。この村で殺人事件が起きたから、とても怖がる人もいるの」

サイモンはにっこりした。「若い男の方が用心棒になりますよ」

「ああ、たしかに。入ってちょうだい。すわって」

灰色の髪をしたメイ・ディンウッディはさまざまな古着の寄せ集めを身につけていた。赤いスパンコールがついたイブニングトップに、くたびれた茶色のカーディガンをはおり、ハーレムパンツにスニーカーをはいている。

「身分証明書を提出してもらいたいんだけど」彼女は言った。

「持ってます。卒業証明書と運転免許証を。仕事をしたことがないので、仕事の推薦状はありません。去年、両親が交通事故で亡くなり、弁護士と事後処理をするのにとても時間がかかったんです。自宅はミルセスター、ブラックベリー・アヴェニュー二十二番地ですけど、売りに出しています。どこかとても静かな場所にしばらく滞在して、今後のことを決めたいんです。聖職につくことも真剣に考えています」

「あんたならうまくやれるよ」メイは言った。「コーヒーを飲んだら、牧師館に行って牧師さんに会ってきたら。だけどまず、部屋を見せるね。ただ、ちょっと狭いし、池は見えないの。実はわたしがここに引っ越してきたのは、その池が見えるのが決め手だったのよ」

あんなじめじめしてよどんだ池のどこが魅力的に思えるのかは、サイモンには理解できなかったが、彼は裏の部屋に行った。狭かったが、その部屋には村の広場を見晴らす大きな窓があった。

「前の住人は芸術家で、その大きな窓を勝手にとりつけたの。とんでもない冒瀆《ぼうとく》よね。とうとう建築許可をとらなかったんだから」

部屋にはシングルベッド、たんす、整理だんす、窓辺のデスクと三脚の硬い椅子しかなかった。

「次に、バスルームを見せるね。ただ自分のシーツとタオルは用意してもらうことになるよ」

「それはかまいません。大丈夫です」

「じゃ、ついてきて。リビングの右手はキッチン。冷蔵庫と棚は共用してもらうよ。わたしは冷蔵庫の下の二段に自分の食材を入れておくから、あんたは上の二段と冷凍庫の一段を使って。左側にある棚もあんた用よ」

「助かります」

「もうひとつ部屋があるんだけど、そこは仕事場として使っているの。おもちゃを作っているのよ」

「そりゃすごい！」

メイの声が震えはじめた。「それから家賃と敷金のことなんだけど」

「いくらですか？」

「週に七十五ポンドで三ヵ月分は前払いしてほしいの」

「わかりました。現金、それとも小切手？」

メイはまばたきしながら彼を見た。

「ぼくを甥だとか言っておけば、現金で払いますから、あなたは税金を払う必要はありませんよ」

「それって違法でしょ！」

サイモンはにやっとした。「ええ、正当なことじゃないですね」

「でも、ちょっとだけ悪いこと？」

「ちょっとだけです」

「そう、ならいいよ。ジョン・サンデーが死んでよかった。彼がいたら、すぐに嗅ぎつけられたね」

「その事件は新聞で読みました。牧師さんに会う前に家に戻って荷物をまとめ、銀行からお金をおろしてきた方がよさそうです」

「そうね、ええ、もちろん」メイは弾んだ声で言った。

「ぼくはスコットランド人ってことでいいですか、あなたと同じように？」

「どっちでもいいよ。姉はもう亡くなったけど、イギリス人と結婚していたし。子どもはいなかったけど、村の誰もそのことを知らないもの」

サイモンが出ていくと、メイはすわって水車小屋の池のさざ波を眺めた。さまざまな市《いち》でおもちゃを売って、少しばかりのお金を稼いできたが、年金はあまり多くなかった。最後の贅沢は煙草だったので、毎日、禁煙しようかと考えている。万一あの老けた外見の若者が戻ってこなかったら？

しかし二時間後、サイモンは父親の古いモーリス・マイナーを運転して戻ってきた。聖職に興味がある青年なら、この車の方がバイクよりもイメージ的にふさわしいと思ったからだ。シーツとタオルと枕カバーの箱を運んできて、メイにはお金の入った封筒を渡した。

サイモンはスーツケースを運びこみ、服を片付けながら、トニにしばらく会えないことをちょっぴり残念に思った。アガサ・レーズンはかなり強引な女性に思えた。それでも、たくさんの事件を解決しているようだし、頭のいい女性にちがいなかった。

ミルセスターの市場は週に一度、修道院の前で開かれた。アガサはそれを見て回るのが好きだった。そして、しばしば新鮮なフルーツや野菜を買いたくなったが、結局は食べることなく捨ててしまうのがおちだった。

屋台を見ていたとき、トム・コートニーの妹、エイミー・ベアンズを見つけた。胃がぎゅっとひきつれた。エイミーがこのあたりで何をしているかについては疑いがなかった。エイミーはトムの共犯者だが、逃亡している殺人犯というのは、過去の例を見ても、復讐をするために戻ってくるものなのでは？

屋台を回って近づいていき、その女の背後に立つと、しっかりと腕をつかんで叫んだ。「警察！　助けて！」

市場で勤務中の二人の警察官が飛んできた。「放してよ！」エイミーがアメリカ訛りで叫んだ。「この女は頭がおかしいのよ」

「そして、この女は」とアガサは息を切らしながら言った。「殺人者、トム・コートニーの妹です」

警官たちが引き継いだ。エイミーに手錠をかけ、アガサを後ろに従えて連行していった。

アガサは警察署の受付で待つように言われた。彼女は勝利感で高揚していた。

三十分後、長身の男性が受付の巡査に歩み寄り、詰問した。「妻をどうするつもりだね？」

「奥さんの名前は？」

「メイジー・バーガーだ。休暇で来ていたら、市場でどこかの女がかわいそうなメイジーに向かって叫びはじめ、妻はここに連れてこられたらしい」

受付の巡査はブザーを押した。「こちらにどうぞ」

小さな冷たいかたまりがアガサの胃の中でふくらみはじめた。まちがいのはずがない。もちろん――彼らは偽のパスポートを手に入れたにちがいない。

さらに三十分がだらだらと過ぎた。待合室を飾るプラスチックのヤシの木にはほこりがたまっていた。市場のにぎやかな物音が通りから聞こえてくる。数人のメディア関係者が受付に集まりはじめ、誰が逮捕されたのか知りたがっていた。彼らは振り返ってアガサを見つけると、どっと走り寄ってきたが、そのときウィルクス警部が呼んだ。「ミセス・レーズン、ちょっとこちらに来てください」

ドアが開き、アガサは取り調べ室に案内された。ウィルクスの前にすわると、彼は一人きりで、しかも録音テープが回っていないことにアガサは気づいた。

「あなたがつかまえた女性は、彼女が主張するとおりの人物でした」ウィルクスは言った。「どうして彼女がエイミー・ベアンズだと思ったんですか?」

「あのカリフォルニアのフェイスリフトの顔のせいです。全員が同じ惑星から来たみたいに見えるんです」

「われわれは夫妻にていねいに詫び、ホテル代を負担し、さらに夫にはゴルフクラブのセットと二人分のヘルススパ一週間分を進呈して、告訴しないことを了承してもらいました。そのすべての代金をあなたに請求するつもりです。その代わり、公務執行妨害で逮捕はしません。いいですか、裏口から出ていけばメディアと話をしなくてすみます。おわかりですね？」

「わかりました」アガサはしょげかえった。

ウィルクスの表情は少しだけ和らいだ。ミセス・バーガーを初めて見たとき、彼もショックを受けたのだ。まさに行方不明のエイミー・ベアンズそのものだった。

「いつものありふれた探偵業に戻ってください、ミセス・レーズン。以上です」

ウィルクスがベルを鳴らすと、女性警官が現れた。「ミセス・レーズンを裏口に案内して」

アガサがオフィスに戻ってくると、ミセス・フリードマンに言った。

「メディアから電話があったら、わたしはいないって言って」

「すでに、かなりかかってきてますよ」

パトリックがコーヒーを飲んでいた。「何があったんだ?」彼はたずねた。

アガサは事情を話し、最後にこう嘆いた。「わたしったらなんてまぬけなのかしら」

パトリックはしばらく彼女を見つめていた。それから言った。

「ドクター・ベアンズの写真を見たことがあるかい？」

「いいえ、なぜ？　ああ、たぶんあるわ。新聞に粒子の粗い写真が載っていたはずよ」

「おれのパソコンを調べてみる。フィラデルフィアの知り合いに連絡をとったら、いくつか資料を送ってくれたんだ」

「きっと名乗っているとおりの人だったのよ」アガサはあきらめたように言った。

「パスポートだって持ってたんでしょ」

「数分待ってくれ。煙草でも吸ってリラックスして」

ミセス・フリードマンはアガサが煙草をつけると大きなため息をつき、これみよがしに隣にある窓をできるだけ大きく開けた。

「ドアに鍵をかけるわ」アガサは言った。「階段でメディア連中の足音が聞こえるから」

パトリックはキーをたたき、アガサはうるさいドアベルと郵便受けから叫ぶ声を無視した。

「あった」ようやくパトリックが言った。「こっちに来て見てくれ」

アガサはそこに行き、パソコンの写真を見た。「彼よ！」アガサは叫んだ。「バーガーだって名乗った男だわ。つまり彼はドクター・ベアンズで、彼女はエイミーってことよ！　急いで、パトリック。それをプリントアウトして、ウィルクスに持っていきましょう」

「今度は何の用だ？」ウィルクスはたずねた。受付の巡査がミセス・レーズンとパトリック・マリガンが重大な情報を持って戻ってきて、すぐに会ってくれないと殺人者が逃げてしまうと言っている、と報告してきた。ウィルクスは外のメディアを閉め出したが、ミセス・レーズンはウィルクスと会ったあとに記者会見をする、と約束しているようだった。

「彼女の話は聞いてみるが、とうとう頭がおかしくなったにちがいない」ウィルクスはぼやいた。

コリンズ部長刑事が受付に現れた。その目は悪意でぎらついていた。いつも髪をあまりにもきつくひっつめているので、頭痛に悩まされないのかしら、とアガサは不思議でならなかった。

「またやらかしたわね、まぬけなオバサン」コリンズは言った。「メディアは大喜びするわよ」

「ええ、そうでしょうね」アガサはうれしそうに返した。

ウィルクスは廊下でアガサを迎えた。「入って。今度は何が閃いたんですか？」そっけなくたずねた。

パトリックとアガサは彼のあとから取り調べ室に入っていった。「あの写真を見せてあげて、パトリック」アガサが言った。

パトリックはウィルクスの前のデスクにプリントアウトした写真を置いた。「それは」とアガサ。「ドクター・ベアンズの写真です。エイミー・ベアンズの夫の。その顔に見覚えがあるでしょ？」

ウィルクスはわめいた。「そこで待っていてくれ！」そして部屋を飛び出していった。彼が大あわてで指示を叫んでいるのが聞こえてきた。アガサは窓辺に近づいた。警察署から警官たちが次々に飛び出していき、〈ジョージ・ホテル〉の方角に走っていく。他のパトカーも急発進した。パトリックは彼女の隣に立った。

「あれを見てくれ」彼は言った。「騎士についての馬鹿馬鹿しい小話を聞いたことがあるかい？　一人の騎士が馬に飛び乗り、あせって四方八方に走っていった、というやつだ」

「エイミーはどうしてここに来たのかしら、よりによって？」アガサは首をかしげた。

「おそらく絶対に自分がいないと思われている場所だと考えたのだろう。あんたに復讐したかったのかもな。兄とはとても親密だったようだから。双子はたいていそうなんだ。たぶん今頃は遠くに行っているだろう」

「夫がこの事件に関わっているとは、誰も思わなかったのかしら？」

「全然。善良な共和党員で、フィラデルフィア警察基金に毎年寄付している。模範的な市民だ」

「トム・コートニーは、どうしてわたしに殺人者を見つけてもらおうとしたのかしら。わたしがド素人で、絶対に自分だと見抜けないと思ったから？」

「自信たっぷりなやつだから、あんたが自分に惚れこむと思ったんだろう」

「だったら、頭がおかしいにちがいないわ」アガサはうしろめたさに頬が赤くなった。

「驚いた！　見ろ！　二人をつかまえたぞ」パトリックが言った。エイミーと夫が警官と刑事たちに囲まれて広場を連行されてくる。

「うちの事務所を少々宣伝できる機会ね」アガサはにやっとした。「外に出ていってメディアに対応しましょう」

パトリックはドアに歩いていき、驚いて振り返った。「鍵がかけられている！」

「よくもそんな真似を！」アガサは叫んだ。「警察がどんなにまぬけか、わたしに公表してほしくなかったのよ」

彼女はドアをドンドンたたきはじめた。ようやくウィルクスが解錠してドアを開けた。

「また裏口から帰っていただきたい、ミセス・レーズン。メディアにはわたしから話をしたい」

「わたしがいなかったら、永遠に二人をつかまえられなかったでしょ」アガサは反論した。

「いいか、静かに帰らなかったら、今後は警察から一切の援助はしないぞ」ウィルクスは脅した。

「なんですって！　いつわたしを助けてくれたのよ？」

「言われたとおりにするんだ。とにかく行け。ウォン部長刑事が外まで案内する」

裏口でアガサはビルに怒りをぶちまけた。

「あなたには驚きよ、こんな指示に従うなんて」

「ぼくにどうしろって言うんですか？　命令にそむけ、とでも？　ねえ、署を出られたらすぐに家に行き、わかっている情報を伝えますよ」

「ここそ帰るつもりはないわ」ビルが行ってしまうとアガサは言った。「ここは自由の国よ。署の表側に回って、記者たちの後ろに立ちましょう。ウィルクスがどう説明するのか聞きたいわ」

外にはメディアが集まっていた。ウィルクスはまだ出てきていない。さらにたくさんの記者たちが集まってきて、テレビのバンも広場に走りこんできて駐車した。メディアといっしょに野次馬たちも大勢集まってきている。

「後ろに立っていましょう」アガサは言った。

一時間が過ぎると、アガサは足が痛くなりはじめ、それから半時間が過ぎて、ようやくウィルクスが警察署の前に姿を見せた。片側にはジャック・ペトリー警視正、反対側には満面に笑みを浮かべたコリンズ部長刑事がいた。

「簡単な事実だけを発表します」ウィルクスは言った。「男性一名と女性一名がミリアム・コートニーの殺害事件に関連して逮捕されました。明日、さらに詳しい記者発表をします。以上です。お待たせしてすみませんでした」

「ちょっと待って！」大声が飛んだ。アガサが爪先立ちでのぞくと、地元の記者ジミー・トランスが人混みをかきわけて前に出ていくのが見えた。「さっきコリンズ部長刑事と話したところ、私立探偵のアガサ・レーズンがまちがった女性を逮捕させて笑いものになったそうですね。それはまちがった女性だったんですか、それともアガサ・レーズンは正しかったんですか?」

「わたしは正しかったのよ!」アガサは叫んだ。

記者連中は振り向き、彼女を取り囲んだ。ウィルクスはコリンズの方を向き、むっつりと言った。「ついてこい」

自己弁護する正当な理由があると判断したアガサは、集まったメディアに彼女の視点からの話を聞かせた。ただし、あとから捜査上の秘密をもらしたと警察に非難されそうなことは言わず、殺人事件の容疑者と信じる女性に気づき、警察に助けを求めた、とだけ話した。その後、それはとんでもない誤解だったと言われたが、事務所の探偵のパトリック・マリガンがある写真を発見したので、アガサが正しかったことが証明できた。これ以上の詳細については警察に訊いてほしい、と如才なくつけ加えて、アガサは話を終えた。

8

その晩遅く、ビル・ウォンがアガサの家を訪ねてきた。キッチンに入ると、トニ、パトリック、フィルがいて、全員が彼の話を聞くのを待っていた。

「期待以上の展開になりました」ビルは慎重に口を開いた。「アガサ、ぼくはあなたに大きな借りができましたよ。コリンズが停職処分になったんです。あの嫌味な女は大嫌いだ」

「いずれ戻ってくるわよ」アガサは言った。「記者に足をすくわれた刑事は彼女が初めてじゃないし」

「ああ、もっと悪いんです。でもまずはすわらせてください。コーヒーを淹れてもらえれば残らず話しますよ」

キッチンのテーブルに淹れ立てのコーヒーが置かれると、ビルは話しはじめた。

「エイミーはすべてを自供しました。彼女は精神的に崩壊しています。エイミーは男の格好をしてケイマン諸島に行き、一方、兄は女性に変装してミセス・テンプルの名前でロンドンに飛んだ。彼は母親を殺して、またアメリカに戻り、今度は本名でイギリスにやって来たんです」

「だけど、どうしてそんなに手の込んだことをしたの？」アガサはたずねた。「だって、ミリアムがアメリカを訪問するまで待っていて、強盗殺人に見せかければよかったのに」

「兄も妹も精神的に問題を抱えているようなんです」

「でも、トム・コートニーが犯人なら、どうしてわたしを雇ったの？」

「彼は警察を訪れて、コリンズと話をしているんです。彼女はそれを報告しなかった。死ぬ前に母親から電話をもらったときに、サンデーの殺人事件を調べるために私立探偵を雇ったと言っていたが、それは誰かと、トムはコリンズに訊いたんです。コリンズはあなたが地元の厄介者で警察の捜査を邪魔してばかりいる、と言ったらしい。それでトムもあなたを雇えば嫌疑をそらせるし、ばれる心配もないと考えたのでしょう」

アガサは顔を赤らめた。アガサを無能な人間だと考えている頭のおかしい殺人犯と、あわやベッドをともにするところだったのだ。

「さぞ腹が立つでしょうね」アガサが顔を赤くしているのを怒りのせいだと勘違いして、ビルは言った。「だけど、これでコリンズは一巻の終わりだと思います。ただ、コートニー兄妹は、サンデーの殺人事件とはまちがいなく無関係に思えるんです。というわけで、またあの事件と取り組まなくちゃなりません。ともあれ、エイミーは顔を変えたのはいい投資だったと思っていたみたいです」

「刑務所では美容整形はできないですよね」トニが言った。「裁判になったとき、彼女、どんな顔になってるでしょうね。そうそう、サイモンに探偵のコツを伝授しましょうか？　今日は見かけてないんですけど」

「彼を雇うのは思い直したわ」アガサは嘘をついた。それから、トニが小さく悲しげに「そうですか」と言ったので、良心がとがめた。

「なぜ？」フィルがたずねた。「頭の回転が速そうでしたよ」

「その件については今は話したくないの」

「また、オドリー・クルーシスのあたりを嗅ぎ回ってみましょうか？」フィルがたずねた。

「だめ！」アガサは叫び、みんなが驚いた顔をしたのに気づいて言い訳した。「大声を出してごめんなさい。だけど、他に解決すべき事件があるし、この宣伝効果でさらに仕事が入ってくるでしょう。トム・コートニーはもう引き渡されたの？」

「まだ待っているところです。でも、エイミーがいるので、もうすぐでしょう」

ビルの電話が鳴った。部屋を出ていきながら、肩越しに叫んだ。

「みなさん、お静かに。ぼくがここにいるとウィルクスが知ったら、発作を起こすでしょうから」

少しして彼は戻ってきた。「もう行かないと。徹底的な捜査が必要だ。死んだんです」

「誰が？」みんなが声をそろえてたずねた。

「二人ともです、エイミーと夫。毒を飲んだ」

「どうやって毒を入手したの？」とアガサ。

「ジャケットのボタンに青酸カリを仕込んであったんです。じゃ、行きます」

「最低最悪」アガサは言った。「これでわたしは見出しにならなくなる」

「元気を出して」パトリックが言った。「この時間だと朝刊にはもう間に合わない」

「あら、そうね！　シャンパンを飲む人は？」

次の日曜日、トニはオドリー・クルーシスの教会に行くことにした。アガサが事件に興味を失った理由が理解できなかった。住人たちが事件は一件落着したと考えているときに教会に行けば、本来の雰囲気がつかめるかもしれない。しかし、ロイ・シルバーが襲撃されたことを思い、変装して行くことにした。

アガサはオフィスにさまざまな変装用具を入れた箱を置いていた。トニは自分の鍵でオフィスに入り、箱を見つけて黒いウィッグを選び、短いブロンドの髪の上にかぶった。黒いウィッグで外見が劇的に変わった。さらに、かっちりしたブルーのリネンのスーツを着て、フラットシューズをはいた。ファイルキャビネットの上の鏡に姿を映してみると、まさに教会の信徒らしく見えた。

よく晴れた日で、大きな空の下に美しいコッツウォルズの田舎の風景が広がっていた。最近の雨と湿気のせいで、あたりの緑が一段と濃くなり、田舎道は緑のトンネルのようになっている。

まず教会が満員なことに驚いたが、ほとんどが観光客だと気づいた。ミリアムの殺人事件についての新しい報道が出たせいで、トニがひそかに「いやしい野次馬連中」と呼んでいる人々が詰めかけてきたのだ。殺害現場や交通事故現場に、悪趣味な興味だけですっ飛んで来る連中だ。

教会のいちばん後ろの席にすわり、説教が続いているあいだシャロンの魂に無言の祈りを捧げた。自分に信仰があるとは思っていなかったが、大勢の観光客にもかかわらず、古い教会にはどこか安らぎが漂っていた。古い石にすら、何世紀にもわたって悩み苦しんでいる人たちにもたらした平穏が刻まれているように感じられた。

礼拝が終わるとトニは立ち上がって庭に出ていき、人々が帰っていくのを眺めた。キャリー・ブラザーが足を止めて牧師としゃべっている。それから年配の二組の夫婦が出てきた。サマー夫妻とビーグル夫妻だ。続いてティリー・グロソップ。ティリー・グロソップは市長とセックスしているところを写真に撮られたんじゃなかった？もう少し調べてみてもいいかもしれない。それからメイ・ディンウッディが青年の腕にすがって……サイモン・ブラック！

そのときペネロペ・ティムソンが現れ、サイモンとメイに話しかけ、二人を牧師館の方に案内していった。サイモンは何か言い、向きを変えて教会に入っていった。少しして戻ってくると、トニのすぐそばを通り、紙片を落とし、牧師館に走っていった。トニは紙片を拾い上げた。「今日の午後三時にドーヴァーズ・ヒルで」

毎年恒例のコッツウォルズ・オリンピックを見物するために、トニはドーヴァーズ・ヒルを訪ねたことがあった。丘は自然の円形劇場になっていて、チッピング・カムデンから一・六キロほどだ。十七世紀初めからイギリスでおこなわれていたという「すね蹴り」という近代のスポーツがとりわけおもしろかったことを覚えている。あまりにも痛いスポーツだとみなされ、二十世紀になると消えたが、一九五一年に復活した。競技者がすねにいくつものハンマーをつけて守りを固め、鉄で覆ったブーツで蹴っていた昔とはちがい、現代の競技者はわらのパッド入りの長いズボンをはいた。すねを蹴って、相手を地面に転がすと勝敗が決まった。他のスポーツには障害物競走、タカ狩り、モリスダンスがあり、最後にチッピング・カムデンの広場でたいまつ行列がおこなわれ、みんな夜更けまで踊った。

その年の競技会はすでに五月に開かれていた。なのでトニが車を停めたとき、ドーヴァーズ・ヒルの駐車場には数人の観光客しかいなかった。不況とブタインフルエンザの流行が重なって、海外からの観光客の足が遠のいていた。

トニは円形劇場のてっぺんまで歩いていき、景色を眺めた。芝生の上でピクニックをしている人たちがいる。いかにもイギリスらしい熱いお茶の香りが、丘の上まで漂ってきた。

トニが駐車場に戻ると、サイモンがモーリス・マイナーを運転してくるのが見えた。彼が合図したので助手席にすわった。

「オドリー・クルーシスで何をしているの？」トニはたずねた。

「潜入調査だよ」

「アガサの許可を得て？」

「うん。誰にも知られないようにって彼女に言われてるんだ。ぼくを見かけたってアガサに言わないで。さもないと最初の汚点になっちゃう」

「言わないけど、どういう触れ込みなの？」

「両親の死後、休暇をとっていて、聖職につくことを考えているって言ってある。急な約束が入ったので昼食までいられないと牧師に言って、どういう約束かと訊かれる前に急いで出てきたんだ」

「調子はどう？」

「順調だ。幸い、牧師のジャイルズは自分の声を聞くのが大好きで、説教ばっかりしているから、ぼくはただ耳を傾けていればいい。それからメイ・ディンウッディはおもちゃを作って市場で売っているので、その手伝いをしている。火曜日にモートンの市場に行く予定なんだ」

「事務所であなたのやっていることを知っている人はいるの？」

「いや」

「じゃ、用心した方がいいよ。オフィスが暇だと、フィルは市場に買い物に行くから。あたしだったら、帽子をかぶってサングラスをかけるな、念のため。それに変装と言えば、どうしてこのウィッグをかぶっているのに、あたしだってわかったの？」

サイモンは声をあげて笑った。「一度見たら、二度と忘れない。またきみに会えるかな？」

「今はやめておいた方がいいよ。あなたに会ったことで、危険なことにならないといいんだけど」

サイモンはあたりを見回した。「観光客だけだ。心配しないで。そうだ――来週の日曜は休みをとるよ、親戚に会うって言って。ミルセスターで会わないか？」

「電話番号を教えておくね」

「もう知ってる。オフィスのファイルで見たから」

「じゃあ、教会で見かけたとき、どうして携帯に電話してこなかったの？」

「考えてみろよ、トニ。墓石のあいだできみの携帯が鳴りだしたら、全員が振り向いてきみに注目するだろ」

「じゃあまたね」トニはサイモンの年季の入った車を降り、自分の車に乗りこんだ。太陽に照らされていたので車内は暑かった。窓を開け、黒髪のウィッグをとり、助手席に置いた。エンジンをかけ、バックするために首をねじったとき、見られているという妙な感じがした。車をまた降りて、見回した。ありふれた観光客と、ウェールズからの日帰りバス旅行でやって来た年金生活者しかいなかった。「エヴァンズ・ラグジュアリー・ツアーズ、カーディフ」という文字が、ぎこちなくバスに乗っていく乗客と同じぐらいくたびれたバスの横腹に書かれている。

トニがまた出発しようとしたとき、携帯が鳴った。サイモンからだった。

「きみに会えてうれしかったせいで、〈サンデー・ケーブル〉のことを話すのを忘れていたよ。アガサについてのひどい記事が載ってるんだ」

チッピング・カムデンの新聞店に寄り、トニは〈サンデー・ケーブル〉を買った。めくっていくと、大きなアガサの顔写真が出ていた。見出しは「イギリス版クルーゾー警部とは」とあり、アガサをドジな警部にたとえていた。

アガサはジェームズ・レイシーと結婚しようとしたが、死んだと思っていた夫が結婚式に現れ、結婚がご破算になったという記述から始まる、悪意のこもったふざけた記事だった。さらに、警察が納税者に過大な負担をかけて、何度もアガサを救出したことがつづられていた。アガサはただの素人で、事件から事件へと首を突っ込んでは、煙草を吸い、酒を飲み、怯えた相手が自分を襲うまで脅しつける。執筆者はダン・パルマーという記者だった。

トニはアガサがこの屈辱をどう受け止めているか、様子を見に行くことにした。アガサの家の戸口でチャールズと鉢合わせした。「ちょっと慰めようかと思って来たんだ」チャールズは言った。「記事を見たんだろ？」

トニはうなずいた。チャールズはベルを鳴らした。返事はなかった。チャールズは郵便受けを開けて、そこから怒鳴った。「わたしだ、チャールズだ。トニもいる」待っていると、ドアが開いた。「入って」アガサはいきなり言った。「二人とも〈ケーブル〉を見たのね。庭に来て」

チャールズとトニは庭の椅子にすわった。アガサは古いハウスドレスを着て、すっぴんだった。

「訴えるのかい？」チャールズはたずねた。

「できないわ。毎回、警察がわたしを助けに来たというのは本当だもの。スコットランドヤードとテムズ川警察と沿岸警備隊がからんだ、前回のあの事件も含めて」

「だけど、あんなひどいことを言うなんて！」トニは叫んだ。

「気づいてるでしょ、彼は『わたしの意見では……』って言ってる。個人の意見のことじゃ訴えられない」

「彼に何をしたんだ？」チャールズがたずねた。「だめだ。そっぽを向かないで。白状するんだ！」

「わかったわよ。こういう事情なの。水着会社のPRを担当していたとき、新商品の発表会に記者たちを招待した。水着の発表会には女性の記者だけじゃなくて、男性記者も招くの、理由はわかるでしょ。彼はその一人だった。彼が更衣室の衝立《ついたて》の陰に隠れ、カメラを衝立の上から出してモデルが服を脱いでいるところを撮っているのを見つけた。わたしは衝立を倒して、自分のカメラマンに彼を撮らせた。その写真を彼の編集長に苦情といっしょに送ったの。当時彼は〈エクスプレス〉にいたんだけど、仕事をクビになった」

「そういう写真を撮るように命じられていたんですか？」トニがたずねた。

「いいえ、自分自身の好色な趣味のためよ。腕のいいカメラマンを連れてきていて、新聞のカラー版のためにはきれいな写真を撮ることになっていた。この記事で、わたしはつぶされるかもしれない」

「この男、変質者ですよ」とトニ。「絶対そうです。何か仕掛けてやりましょう」

「どうやって？」

「わたしたちは探偵ですよ」トニは意気込んだ。「ロンドンに二、三日行かせてください、アガサ」

「彼はあなたの顔を知っているかもしれない」

「変装していきます」

「わたしが行くよ」チャールズが言いだした。

「だけど、あなたは探偵じゃないですよ！」トニが叫んだ。

「そう言われると傷つくな。彼の写真は記事に載っている。すぐにわかるよ。ともあれ、ロンドンの裏事情については、わたしの方がずっと詳しい、きみの人生哲学では想像もできないほどね、ホレーショ」

「どうして彼女をホレーショと呼んだの？」と、『ハムレット』に「ホレーショの哲学」という言葉が出てくることを知らないアガサはたずねた。


チャールズは翌日ロンドンに行き、自分のクラブに荷物を置くと、ビーチャム・プレイスのあまり健全ではないクラブに行った。その紳士のためのクラブは、実際には酒飲みのクラブと売春宿の中間のような場所だった。

彼はバーテンダーに友人のタピーが来ているかとたずねた。

「今頃にはいつもいらっしゃいます」バーテンダーは言った。チャールズは飲み物を注文して待った。十分後、友人のあいだでタピーと呼ばれているパトリック・ディノヴァン卿が入ってきた。彼は白髪交じりで皺だらけの顔をした小柄な男だった。チャールズはかねがね、タピーは知り合いの中でいちばん記憶に残らない顔だと思っていた。

彼はうれしそうにチャールズに挨拶した。

「すわってくれ、タピー」チャールズは言った。「きみに犯罪行為をしてもらいたいんだ」

「どうして自分でやらないんだ？」

「わたしは顔を知られているかもしれないからだ」

「わたしにどんな得があるんだい？」

「無料の狩りだ。もうじきキジのシーズンになるよ」

ダン・パルマーは〈ホース・タヴァーン〉で一人で飲んでいた。しょっちゅう〈ケーブル〉のスタッフが来る川沿いのパブだ。数杯飲むと不快な人間になるという評判のせいで、同僚たちは彼とは距離を置いていた。とうとう、誰も自分と話したがらないという事実が酔っ払った頭でも理解できたので、うなり声をあげるとグラスを飲み干し、外に出ていった。二、三歩歩いたところで、小柄な男にぶつかった。

「これは、すまない」男は言った。「お詫びをさせてくれ。酒でも？」

「そこじゃないところなら」ダンは言い、パブの方を親指で示した。

「この近くにホテルの部屋をとっていて、上等なモルトウィスキーのボトルがあるから、よかったらいっしょにどうかな？」タピーは言った。

ダンの小さな目が危ぶむように細くなった。「ゲイじゃないだろうな？」

「口を慎んでくれ。ま、いいさ、今の誘いは忘れてくれ」

だが、ダンはただ酒のことを思った。もっと飲みたかった。

「わかった。あんた、なんて名前だ？」

「ジョン・ダンヴァー」

「案内してくれ」

ホテルは小さかったが高級な外観だった。ダンはタピーのスイートルームの肘掛け椅子にすわり、ありがたくモルトウィスキーがたっぷり入ったグラスを受けとった。

「きみは有名な記者のダン・パルマーだろう？」タピーがたずねた。

「ああ、そうとも」

「これまでに手がけた傑作な記事について話してくれ。興味しんしんなんだ」

ダンは熱心にほら話をしたので、酒を飲むのを忘れるところだった。彼が話し終えると、タピーはたずねた。「そのレーズンっていう女性探偵は、本当にそんなに馬鹿なのかい？」

ダンはここだけの話だがとばかりに鼻のわきをたたこうとしたが、酔っ払っていたのでまちがって指で目を突いてしまった。

「痛！」彼はわめいた。「ああ、彼女か、アギー・レーズン。いや、あいつはキツネみたいに狡猾だ」

「だったら、どうして評判をだいなしにするんだ？」

「昔の恨みを晴らしたんだ。あの中傷記事は実にうまくいったよ、どうだい？　おれを訴えられるような材料は何もないだろ」

「じゃあ、彼女は本当は優秀なのか？」

「もちろんだ。そこがいっそう滑稽だよな？」

「わたしには理解できないが……グラスが空だ、お代わりを注がせてくれ。〈ケーブル〉の記者は復讐をしたければ、そのために記事を書くことが許されるのかい？」

「おれぐらい利口な場合だけだよ」

「じゃあ、編集長はきみが昔の恨みを晴らそうとしているってことをまったく知らないんだね？」

「彼？　あいつは自分のケツの穴と地面の穴の区別もつかないよ」

「編集長になるぐらいだから、仕事はできるにちがいない、そう思わないか？」

「ぼんくらさ。背中で両手を縛られていたって、おれの方がいい仕事ができる。彼は経営者の姪と結婚したんだ。ふん！　だから、あの地位を手に入れちゃのさ。トップに立ち続けるなら、おれみたいにかちこくなんなきゃだめだ。このちぇかいはジャングルだからね。ジャングルだ」

ダンはぶつぶつ言ってから、いきなり眠りこんだ。

タピーはウィスキーのグラスを彼の手からとった。テーブルの上の花瓶の陰に隠しておいた高性能の小さなテープレコーダーのスイッチを切る。

階下に行きながら、ポケットからひさしの長い野球帽を取り出すと、それをかぶってひさしで顔を隠した。タピーはメッセンジャーを送って、パルマーの名前で部屋を予約し、前もって現金で支払い、保証金も入れていた。ロビーはちょうど入ってきた団体客で混み合っていた。ダンといっしょに到着したときも、フロント係は電話をかけていたのでタピーにもダンにも特に注意を払わなかったし、タピーはあえて部屋の鍵を預けずに手元に持っていた。

ダン・パルマーは朝の六時にひどい二日酔いで目を覚ました。どうにか起き上がって階下に行くと、通りに出てタクシーを呼び止め、家に帰った。今日が休みでよかった、と幸運に感謝した。

翌日、オフィスに出勤する途中、地元の新聞店で〈ケーブル〉を買った。黒で縁どられた四角い記事と「謝罪」という見出しが目を引いた。

こう書かれていた。「〈ケーブル〉紙はミルセスターのレーズン探偵事務所のミセス・アガサ・レーズンに、最近掲載した誤解を招く記事について、心よりお詫び申し上げます。そして、読者のみなさまには、ミセス・レーズンがわが国でもっとも優秀な私立探偵の一人であると認識していただくようにお願いする次第です」

一体全体……？　彼はタクシーを停めてオフィスに向かい、あわてて編集長の部屋に行くと秘書に出迎えられた。「ミスター・ディクソンがお話ししたいそうです」

ダンは彼女の後から編集長室に向かった。ディクソンは薄くなりかけた髪をしたがっちりした男で、パグ犬みたいな顔をしていた。外のテムズ川の水面をきらめかせている日の光が、部屋にさんさんと射しこんでいる。

「これを聞いてくれ」ディクソンは言うと、デスクの上のテープレコーダーのスイッチを入れた。

ダンはジョン・ダンヴァーと名乗った男との会話をぞっとしながら聞いた。

「はめられたんだ！」ダンは息をのんだ。

「謝罪だけですんで幸運だった。あのレーズンって女は訴えることだってできたんだから。さて、これまで、おまえにときどき特集記事を書かせてきた。しかし、過去の記事を調べてみたところ、おまえの特集記事は常にこの手の中傷記事のようだった。行ってデスクを片付けろ。もうおしまいだ」

「だけど……」

「警備員を呼んでもらいたいのか？」


ダンはホテルに戻ったが、部屋は彼自身で彼の名前で予約してあったし、それ以上は何も説明できない、ときっぱりと断られた。ただし、保証金はお返ししますと。

ダンはこれまで出会った誰よりも、アガサ・レーズンを憎んだ。


チャールズはタピーを無料で狩りに招待したことを後悔していた。というのも、キジの季節には狩りを催して、地所のために金儲けをすることを期待していたからだ。

それに、タピーにホテル代とモルトウィスキーの代金も支払っていた。

チャールズはアガサのお礼の言葉をさえぎった。

「悪いけど、多額のコストがかかったんだ——賄賂とかあれこれで」

「いくら？」

「五千ポンド」

「なんですって！　いいわ、わかった」アガサは小切手帳をとって、その金額を書くと渡した。「うちに泊まっていくつもり？」

「いや、やることがあるし、会わなくちゃならない人がいるから」チャールズはいささか卑劣な気がしたが、お金は大切だし、彼の地所はとてつもなく金食い虫なのだ。

「そうだ、お祝いにランチに連れていくよ」

「だめなの。大切な約束があるから」

「そわそわしてるな。誰と？」

「あなたには関係ないでしょ」

アガサのランチの約束は、イヴシャムでサイモン・ブラックとだった。不景気のあおりで、イヴシャムはいつも以上に閑散として見えた。二人はハイ・ストリートの夕イレストランで待ち合わせした。

注文をすると、アガサはたずねた。「何かつかめた?」

「少しずつ。わかるでしょう、オドリー・クルーシスのような村だと、そこで生まれたのでない限り、常によそ者なんです。秘密主義の人々です。牧師は神や妻よりも教会を愛しています。ぼくは垂直様式の北側の通路を何度も賞賛しました。ノルマン様式の信徒席は言うに及ばず」

「メイ・ディンウッディとの関係はどうなの?」

「かなり良好です。だけど、ジョン・サンデーについては話そうとしないし、他の村人たちも同じです。親切にしてくれるのは、ぼくが牧師のお気に入りだからです。もっぱら天候と穀物のことばかり話してます。村の店にいたときにサンデーの殺人事件について持ちだしてみたら、一瞬しんとなって、それからみんな別のことをしゃべりだしました。ときどき全員が殺人に関わっているんじゃないかと思いますよ。あと、メイに夕食のときにワインを勧めるようにしているんです、口が軽くなるんじゃないかと思って」

「ペネロペ・ティムソンはどう?　何か出てきそう?」

「彼女は神経質ですぐ動揺する女性ですね。しょっちゅうぼくをハグするんですけど、まるで体をまさぐっているみたいな感じで。それから、ずっとほしかった息子みたいだって言ってます」

「用心して」アガサは注意した。「あと一週間滞在したら、引き揚げて」

その晩、サイモンはメイに三杯目のワインを勧めたが、彼女は首を振った。

「もう充分飲んだよ。酔っ払いにはなりたくないもの。ああ、すっかり忘れていた。牧師が朝の九時に牧師館に来てほしいって。そろそろ教区の仕事を手伝ってもらいたい、と思っているみたいだったよ」

「だけど、ぼくは奉仕の仕事をするために来たわけじゃないですよ」サイモンは文句を言った。

「ああ、だけど、あんたみたいな若者が何もしないのは不健全だもの。それに教会の仕事にとても興味があるんでしょ――最近の若者にはめったにないことだよ。村には若い人があまりいないって、じきにわかる。子どもはいるけど、ティーンエイジャーはほとんどいないんだよ」

出ていける年になると、この陰気な場所をさっさと出ていくせいだ、とサイモンは思った。ただ、口ではこう言った。「ぼくは何をすることになるんでしょう？」

「誰かをどこかに車で連れていくんだと思うよ」

翌朝、サイモンが牧師館のベルを鳴らすと、牧師は陽気に彼に挨拶した。

「待ってたよ！　サマー夫妻とビーグル夫妻がじきにここに来る。チェルトナムで買い物をしたがっているんだ」

「ぼくの車じゃ、全員乗れないと思いますけど」

「わたしのワンボックスカーを運転してくれ。あれなら全員が乗れる。ああ、やって来た。ちょっとした食事に連れていってもらいたいんだ。わたしがお金を出すよ」

牧師は老人たちにやさしく手を貸して車に乗せた。晴れた日で暖かかったが、全員が着ぶくれしているようだった。

「いい天気ですね」サイモンは話しかけた。

沈黙。

「みんなで歌いませんか？」重苦しい雰囲気に耐えられなくなり、サイモンが提案した。

「黙って運転しろ」フレッド・サマーが不機嫌に命じた。「いいから、道路から目を離すんじゃない」

チェルトナムまでの道のりが恐ろしく長く感じられた。老いた膀胱《ぼうこう》のせいで、しょっちゅう停まる必要があったのだ。

チェルトナムは、八〇三年に男子修道院ができた場所だ。アルフレッド大王はこの場所の平穏さを愛していたが、十八世紀に有名な温泉が発見されてから、町は急に栄えた。ヘンデルやサミュエル・ジョンソンのような人々が、療養のために町にやって来たという。

サイモンはイヴシャム・ロードの駐車場に乗り入れたが、駐車する前に老人たちを降ろさなくてはならなかった。駐車スペースがとても狭くて、車をぎりぎりで停めなくてはならなかったからだ。

サイモンは駐車場からさっさと出ていく四人に追いついた。「ああ、あんた」フレッドが言った。「ついてくることないよ。ここに五時にまた戻ってくる」

「だけど、ランチにお連れすることになってるんですけど」

「われわれだけでランチをとって、あとで牧師にお金をもらう。さ、行ってくれ」

サイモンは腕時計を見た。まだ朝の十時半だった。たぶんトニが合流してくれるかもしれない。彼女の携帯に電話した。

「トニ」彼はうれしそうに言った。「サイモンだ」

「あら、こんにちは、ルーシー。今オフィスにいるの」トニは明るく言った。

「チェルトナムで足止めされているんだ。ランチに出てこられるなら、一時にパレードのパスタの店で待っている」

「たぶん行けると思う。じゃあね」

電話を切ってから、サイモンは自分がろくな探偵じゃないことに気づいた。村の誰かがまちがいなく容疑者だ。老人たちの後をつけて、何をするつもりか見届けるべきだった。とてもゆっくり歩いていたから、さほど遠くまで行っていないだろう。しかし急いで坂道を下って町の中心部に行ったとき、彼らの姿はもう見えなくなっていた。

馬鹿な真似をしていると気づき、捜索を止めた。四人の老人たちは殺人が起きたとき、牧師館の客間にいたのだ。

サイモンは店を見て回って楽しい時間を過ごし、トニに会えることを期待しながらパレードのレストランに向かった。どうにか外のテーブルをとり、ラガーを頼み、友人が着いたら食事を注文すると告げた。

十五分後、彼女は来られないようだと思いかけたとき、輝く金色の髪とスリムな姿が人混みからこちらに向かってくるのが見えた。

「ハイ！」トニは言った。「チェルトナムで何をしているの？　村で容疑者を捜しているんだと思ってた」

「今日は老人四人をここに連れてくる仕事をやらされているんだ」

「四人って?」

「サマー夫妻とビーグル夫妻」

トニは勢いよく立ち上がり、やって来たウェイターにぶつかりそうになった。

「なんて馬鹿なの!」トニは言った。「四人はあたしの外見を知ってるのよ。いっしょにいるのを見られたら、正体がばれちゃう」そして走り去った。

サイモンは金色の髪が上下に揺れながら人混みを抜けていき、やがて見えなくなるのを惨めな気持ちで見つめていた。暗い気分でチーズバゲットのトーストを頼む。トニに言われたとおり、自分はとんだ馬鹿だと思った。彼女のことはとても魅力的だと思っていたが、この仕事を成功させたいなら、有益なことを発見するまで仕事だけに集中した方がよさそうだ。村で噂話を聞かせてくれそうなのはメイ・ディンウッディだけだった。ティリー・グロソップについて訊いてみよう。周知の事実だったが、彼女はサンデーと関係を持っていた。だが、サンデーは彼女と市長の恥ずべき写真を持っていた。もっとも市長と彼女の関係は、メディアにはひとことも漏れていなかった。

すべてはもみ消されたと推測するしかなかった。サイモンが読んだ報告書では、テイリーは一夜限りの戯れだと主張していたし、市長の銀行の出入金明細書にも恐喝されていた形跡はなかった、とパトリックが報告していた。サンデーはどうやってあの写真を手に入れたのだろう？　ティリーはまったく知らないと言っていた。

ティリーとどうにか仲良くならなくては、とサイモンは思いながら、のんびりした午後を過ごし、四人の乗客を運ぶために駐車場に戻っていった。

老人たちはさまざまなビニール製ショッピングバッグを持って、五時きっかりに戻ってきた。彼らの会話を聞いて――というのも、誰も彼に直接話しかけなかったからだ――買い物以外に、「湯治をしていた」らしかった。

村に戻る途中、行き以上に「休憩」が多くなったので、ようやく村に着いたときはすでに暗くなっていた。ワンボックスカーから老人たちを助け降ろしてから、牧師館に車を運転していき外に停めた。

サイモンが想像しすぎなのか、実際にオドリー・クルーシスが不気味な場所なのか、村の広場を突っ切って水車小屋に戻っていくとき、物音ひとつしなかった。静かな夏の空気に犬の吠え声も人声もテレビの音も、まったく聞こえてこなかった。

サイモンはため息をついた。メイと今夜も礼儀正しい会話をして過ごすのだろう。

何か、何でもいいから発見できたら、この場所から出られるのだが。空には大きな黄色の月がかかっていて、古い水車小屋の池を金色に染めていた。

池の端に立ち、水面を眺めた。そのとき肩甲骨のあいだを強く押され、池に突き落とされた。

なぜかできるだけ長く沈んでいようと考えた。怯えた頭に、つるはしやナタを持って自分が浮き上がってくるのを待ち構えている、中世の服装をした村人たちの姿が浮かんだ。ようやく水面に出て、目から水をぬぐって怯えながら見回したが、誰の姿もなかった。急な土手に上がり、荒い息をつきながら草の上にころがった。

それから水車小屋には戻らず車に走っていくと、カースリーのアガサのコテージに車を飛ばした。

アガサはドアを開けて、ずぶ濡れのサイモンをびっくりして見た。

「入って。何があったの？」

サイモンは襲撃について語った。「ぼくは水泳が得意なんです。さもなければ溺れていたかもしれない」

「温かいお風呂を用意するわ。友人のチャールズがガウンや服を予備の部屋に残していったから使って。ブランデーは？　いえ、だめね。温かい甘いお茶にしましょう」

「わかってます。でもブランデーがいいです」

「バスルームの外に服を脱いでおいて。乾燥機に入れておくから。シャツとズボンで、よそいきのスーツじゃなくてよかった」

サイモンがお風呂に入って、チャールズのガウンを着て服が乾くのを待っているあいだに、アガサは言った。「これで村の仕事はおしまいよ。今日は何をしたの？」

そこでサイモンは報告したが、トニに会ったことは黙っていた。だが、誰かが彼とトニを見たにちがいない。おそらく老人たちだ。だとしても、村の誰かにそれをしゃべる時間はなかったはずだ。もちろん、誰にでも電話することはできる。しかし、それについてはアガサに言わなかった。

「気づいたことは、どんな些細なことでもいいから記録して。最初から最後まで、村での滞在について書いてちょうだい。みんなが言ったこと、どういう印象を抱いたか。なぜかしら村の全員が、サンデーを殺したのはトム・コートニーだと信じたがっている気がするの。あなたが思っているよりも、実はいろいろわかったのかもしれないわよ。明日は一日かけてその作業をして。他の人たちには結局あなたを雇うことにした、と言っておくわ。さて、この件は警察に報告するべきかしら？　いいえ、またしゃしゃりでてきた、と怒られるわね。メイ・ディンウッディには電話をして、今は友人のところにいるってことと、引っ越すって知らせた方がいいわ。そうだ。わたしが彼女に電話して、叔母だって言う。訛りのあるしゃべり方がとてもうまいのよ」

アガサはメイに電話して、おそらくグロスターシャー訛りと思われそうなしゃべり方をした。電話を切ると、サイモンに陽気に伝えた。「あなたがいなくなることで、ちょっとあわてていた。パトリックかフィルに荷物を運んできてもらう？　まちがいなく、あの呪われた村の誰かは、あなたがわたしの下で働いていると見抜いたようね」

「いえ、自分で行きます」サイモンは言った。「メイととても親しくなったから、正体を知られたくないので」

「好きになさい。だけど、わたしなら服が乾いたらすぐに行くわ。朝までに村じゅうに噂が広がっているでしょうから」


サイモンが水車小屋に戻ると、アガサが得意だと思っているグロスターシャー訛りに、メイはまったくだまされていなかったことがわかった。

「あのレーズンって女でしょ」彼女は言った。「口を開いたとたんに、あの女の威張った声だってすぐにわかったよ」

9

何者かに池に突き落とされた、というサイモンの話にメイは耳を傾けた。

「あんたがいけないのよ」メイは言った。「ここはいい村なのよ。殺人犯は、あのトム・コートニーだっていずれわかるよ。今回のは、村の子どもの一人がいたずらを仕掛けただけに決まってる」

「子どもなんて一人も見かけなかった」サイモンは反論した。「全員がすごく年寄りに見えました」

メイはひどく怒りはじめた。「あんた、ろくな探偵じゃないね。チッピング・カムデンの学校にバスで通っている男の子と女の子が何人かいるよ」

サイモンは牧師に泳げるかと訊かれたことをふいに思い出した。村の活動にひっぱりこまれるのがいやだったので、泳げない、と答えておいたのだ。ペネロペもその場にいた。

「ともかく荷物をまとめて、すぐに出ていって。嘘をつかれるのは嫌いだから」

サイモンは口ごもりながら謝ると、荷物をまとめに行った。


翌日、アガサ・レーズンは闘志にあふれていた。まず、自分のお得意の詭りが通用しなかったことで腹立たしかったし、そろそろトニとパトリックといっしょにまた村に行き、聞き込みをした方がいいと判断したからだ。

パトリックは警察の協力者から、ジョン・サンデーの仕事関係者が徹底的に調べられたが、何も怪しいことは発見されなかったと聞いた、と報告してきた。ティリー・グロソップは何度も聴取されたが、新たなことは聞きだせなかった。市長との写真をのぞけば、サンデーはプリントアウトした同僚のメールしか持っていなかった。どれにもボスや妻や夫に知られたくないことが書かれていたが、全員がサンデーの死亡推定時刻に鉄壁のアリバイがあった。どうやらサンデーは恐喝者というよりも、仕事でしたい放題をするための権力として、その情報を利用していたようだった。

アガサはペネロペ・ティムソンの不道徳な写真のことがうしろめたかった。あれは隠蔽するべきではなかった。

村に着くと、アガサはペネロペを自分で訪ねることにした。パトリックはティリー・グロソップに、トニはキャリー・ブラザーに話を聞くために派遣された。

トニはサイモンがオフィスに戻ってきてうれしかった。アガサはサイモンの冒険についてて、みんなにざっと説明した。昔の学校友だちはサイモンに会ったらどう言うだろう、とトニは思った。尖った鼻と大きな口のせいで、バイエルン地方の操り人形みたいだ。でも、やさしい笑顔や、ぼさぼさの黒い巻き毛の下で黒い目が輝くのを見ると、トニは温かい気持ちになれた。それに、彼女にとても親切だった。

トニがキャリーのコテージのベルを鳴らし、録音した犬の吠え声を聞いていると、キャリーがドアを開けた。大きな顔は涙で汚れていた。

「どうしたんですか？」トニは叫んだ。「何かできることがありますか？」

「ええ、あるの。入って」

トニは犬の臭いのする散らかったリビングに入っていった。キャリーは彼女に向き直った。「あんた、探偵でしょ。殺人事件を解決してほしいの」

「でも、そのためにここに来ているんですよ」

「あの詮索屋のサンデーのことを言ってるんじゃない。彼は死んで当然よ。わたしが言っているのはプーキーのこと」

「プーキー？」

「わたしのかわいいワンちゃん、大切な坊やよ」

「何があったんですか?」

「きのうのことなの。村の広場に出かけて、プーキーを地面に下ろしたら、少し駆け回ってから、何かくわえて食べはじめるのが見えた。あわてて行ったときには、もう食べ終えていた。わたしは叱ったの。『プーキー、悪い子ね。ママがあげたもの以外は食べちゃだめでしょ』って」彼女の目に涙があふれた。「そしたらプーキーはわたしの鼻をなめて、小さな目で見上げた。わたしは家に連れ帰ってあの子をバスケットに入れた。それからわたしもお昼寝をして目を覚ましたら、あの子は死んでいたの!死体を獣医に持っていって、解剖を頼んだわ」

「結果は出たんですか?」

「まだよ。馬鹿な獣医ときたら、食べすぎと運動を充分しなかったせいだって決めつけようとしたのよ」

「プーキーは何歳だったんですか?」

「もうすぐ十二歳」

「犬にしては長生きですよ」

「冗談でしょ。まだ何年も生きられたはずよ」

「どうかすわってください。お茶を淹れますから」トニは言った。「とてもショックだったでしょうね」

答えを待たずに、トニはキッチンを見つけ、濃くて甘いお茶を淹れ、キャリーのところに持っていった。キャリーはひと口お茶を飲んでから、ぶっきらぼうに言った。

「あんた、親切な子ね。他の人は耳を貸そうともしないの。プーキーは村の広場を汚したって言うばっかり」

「ワンちゃんが毒殺されたとしたら、誰がやったんでしょう？」

「誰だってやりかねない。前はすてきな村だったのに。まあね、サンデーが嗅ぎ回ることにはうんざりだったけど、そのおかげでひとつにまとまっていた。ときどき、ちょっとしたけんかはしたけど、ここは親密なコミュニティなの。ミリアムだって溶けこんだ。しばらくは元どおりになったのよ、犯人はトム・コートニーだとみんな思っていたから。でも、彼がやったんじゃないなら、わたしたちのあいだに殺人者がいるってことでしょ」

「サンデーを殺しそうなのは誰だと思いますか？　もしかしたら、あなたの犬を殺したのと同じ人物かもしれません」

キャリーは泣いていたせいで赤くなった目で、長いあいだトニを見つめていた。

「教えるわ」とうとう口を開いた。「牧師よ、ジャイルズ・ティムソン」

「だけど、なぜ？」

「彼はプーキーを教会に連れていくのを許してくれなかった。『すべては美しく輝き、すべての生き物は小さくとも偉大だ』という賛美歌はどうなんですか？　ってわたしはたずねた。すると、牧師はせせら笑って、こう言ったの。『神はニシキヘビやゴキブリのような生き物もお創りになった。しかし、そうしたものを教会の中に招きたいだろうか？』そうしたら、プーキーは彼の手を嚙んだの。そのときの悪意のこもった目つきを見せてあげたかった。それにね」彼女は声をひそめた。「奥さんがミルセスターのコーヒーショップで、ジョン・サンデーといるのを見かけたの。彼女、まるで別れ話をされているみたいに泣いていた」

おそらく例の写真のせいね、とトニは思った。

「わたしの名刺です。解剖の結果が出たら教えてください」

アガサは教会墓地でペネロペを見つけた。芝生を掃除し、古い墓石の根元の雑草を抜いていた。ピンクと白の水玉模様のネットでクラウンがくるまれた、広いつばのピンクの麦わら帽子をかぶっている。

「すてきな帽子」アガサは声をかけた。

「ああ、これ」ペネロペは腰を伸ばし、頭の後方に帽子を押しやった。「庭仕事のときにしかかぶらないの。大嫌いだから。結婚式に出席するために買ったんだけど、実は大嫌いな人の式で。だから、ドレスアップするときにはかぶる気になれないのよ。馬鹿げてると思うけど。何かご用？」

アガサが牧師館でペネロペを捜しているときに、トニから電話を受けていた。

「メイ・ディンウッディのところに青年が泊まっているって聞いたんです。ゆうべ、誰かに池に突き落とされたそうですね」

「サイモン？ とても感じのいい青年よ。どうしてそんな真似をするんでしょう？ たぶん、ただのいたずらよ」彼女は声をひそめた。「この村にはお酒を飲みすぎる人がいるの」

「あるいは、彼が泳げないと思った人とか？ 実はあなたに訊きたいと思っていることがあって。以前、ミルセスターのカフェでサンデーといっしょのところを目撃されているようですね。例の写真の件だったんですか？ 彼は何を求めたんですか？ お金？ 今回は真実を話してください。彼はあの写真を持っていたんでしょう？」

「ええ、だけどお金は求めなかった。ジャイルズは少し前に村に土地を買ったの。引退したら、そこに家を建てようと言っていた。でも、わたしは村に住み続けたくなかったけど。もともとは都会の人間だから」

「どの町ですか？」

「モートン＝イン＝マーシュの出身よ」

にぎやかな都会とは言えない、とアガサは思った。

「それで、サンデーは何を要求したんですか？　その土地？」

「ええ、彼に売るようにジャイルズを説得してほしいって。さもなければジャイルズに写真を送るって」

「それはいつですか？」

「殺される一週間前」

「そもそもどうして彼はオドリー・クルーシスに住みたがったんでしょう？」

「わたしが思うに」とペネロペは言いながら土まみれの手で顔をなでたので、土の筋がついた。「権力の縮図を作り上げたかったんじゃないかしら。人を意のままにするのが大好きな人だったから」

「それで、あなたはどうしたんですか？」

「サンデーをお茶に招き、ジャイルズに土地を売ってほしいと頼む機会を与えた。ジャイルズは即座に断った。するとサンデーはジャイルズに幸せな結婚生活かどうかたずねた。ジャイルズがそっけなく、そうだね、と答えると、サンデーは笑ってこう言ったの。『それが続いているあいだ、せいぜい楽しんでください』実際、わたしは彼を殺すことを想像したわ。それでジャイルズに写真のことを打ち明けたの。彼を殺した犯人を本当に見つける必要があるの？　トム・コートニーじゃないっていうのは確か？」

「まちがいないです。それから、こんなふうに考えてみてください。殺人犯が見つからないままだったら、住人はお互いに疑いあい、この村は二度と前のように魅力的な場所になれませんよ。そもそも、村に魅力があればの話ですけど」

「まあ、愛すべき平和な村だったし、みんな仲良くやっていたわ。もちろん、ときどき退屈なことはあったけど」ペネロペは腹立たしい帽子を脱ぎ、天使の石像にかぶせた。「それに、文化的なことを求めるなら、ミルセスターにいつでも行ける。去年、地元の人たちで上演された『フィガロの結婚』を観ました？」

アガサは視野を広げようとして観たのだが、まるっきり気に入らなかったので、自分が音痴のせいかと思っていた。もっとも、本当にひどい公演だったのかどうかはよくわからない。というのも、伯爵の小姓、ケルビーノ役を地元新聞社の編集長の妻が演じたので、ケルビーノが教会の屋根の鉛板をはがしそうな声をしていたにもかかわらず、公演はすばらしい劇評を獲得したのだ。

「観たわ」アガサは答えた。

「すごく気分が上がったでしょ」

「たしかに。でも、本題から逸れているわ。サンデーが殺された晩のことを思い出してみて。ミリアムとミス・シムズ以外に部屋を出た人がいないって、本当に確かですか？」

「記憶ではそうね。だけど、暖炉の煙がすごかったし、わたしは途中でブランデーをとりに外に行かなくてはならなかったので」

「ティリー・グロソップもキャリー・ブラザーも出席していなかったんですね？」

「ペネロペ！」牧師館から叫ぶ声がした。

「主人だわ。行かなくちゃ」ペネロペは帽子を天使の頭にかぶせたまま走り去った。

驚いたことに、ティリー・グロソップはパトリックを誘惑しようとしていた。コーヒーを出し、彼にかがみこむと、大きな胸を彼の肩に押しつけてきた。パトリックはいつも悲しげな顔をしていたが、笑みを浮かべて、うれしそうな表情に見えるように精一杯努力した。

「家に男性がいるってすてきね」ティリーは言って、じゃらじゃら音を鳴らした。太い手首にたくさんのブレスレットをつけていて、首には小さな玉がぶらさがるチェーンをかけていた。シフォンでできた長いふんわりした半透明のガウンを着ていたが、下に着ている大きなブラジャーと紫色のフランス製パンティがくっきり透けていた。

「わたしのケーキも試してみて」

「われわれはまだサンデーの殺人事件に興味があるんだ」パトリックは言った。「あなたは彼といちばん親しかったから、彼が脅していた人間について聞いたことがあるかもしれないと思ってね」

女性の唇が突きだされるのはパトリックもこれまで見たことがあったが、ティリーの場合、顔全体が突きだされ、脂肪も皺もすべてが前方にぐいっとせりだした。

「みんな、彼のことをあまり好きじゃなかった」そう言いながら、ソファのパトリックの隣に体を押しこみ、香水の匂いをまき散らした。

「あんたたちはけんかをしているのを聞かれているようだな」

「ああ、あれはわたしがもう関係を終わらせたい、って言ったせいよ。しばらくは楽しませてくれたけど、相手はこのわたしだもの――得やすいものは失いやすい」

どうやってこの女は相手の男をその気にさせたのだろう？　とパトリックは不思議でならなかった。地球上で最後の女性でもないかぎり、彼女をものにしたいとは思わないだろう。「逆なんだと思ってたよ」パトリックは思い切って言った。

「じゃ、まちがいよ。村の大半の人間は彼に恨みを抱いていた。だけど、村の雰囲気は彼が来る前に変わっていたの」

「どんなふうに？　いつ？」

「ここはアガサ・クリスティの小説に出てくるような村じゃない。階級のピラミッドの頂点に貴族とか引退した提督とかがいて、残りの小作人は領主屋敷で開かれるお祭りに招かれるのを楽しみにしている、そんな村じゃないの。みんな平等なのよ。かつてはジョージ・ブリッグズじいさんが屋敷を所有していたけど、彼は人付き合いを一切しなかった。そこにミリアムがやって来て、村の領主夫人の役をやりたがった。それでバランスがくずれたのよ、わかる？　だから、サンデーが登場したとき、みんなすでにいらついていた。屋敷に障害者用の特別な傾斜路をつけることで一悶着あって、ミリアムは彼と反目するようになったけど、彼女が煽《あお》ったせいで、サンデーはちょっとした復讐をするようになったんだと思う。ミリアムはとっても牧師が好きだったのよ。教会はきわめて高貴だって言ってたしね、鐘の音も香りも。とりわけジャイルズがしゃれたローブを着るのが気に入ってた。教会に寄付はしていたけど、牧師は彼女を憎んでいたにちがいないわ。牧師って、ものすごく短気なのよ」

これはすべて自分から容疑を逸らすための偽情報なのだろうか？　とパトリックは訝った。「あんたと市長の写真については？　誰が撮影したのか知っているはずだが」

「サンデーよ。彼についてあまりにも苦情が多かったので、市長はサンデーに何らかの処分を下すって約束していたの」

「それで、あんたが市長をはめたのか！」

「ちがうわ。市長の奥さんが留守のときにちょっと火遊びをするつもりだって、サンデーに話しただけ。それだけよ。わたしが悪いんじゃない」

香水の甘ったるい匂いと体を密着させてくるせいで、パトリックは胸がむかついてきた。

「殺人犯がこの村で暮らしているにちがいないんだ」彼は語気を荒げた。「ミセス・レーズンの友人のロイ・シルバーへの襲撃もあった。彼の頭蓋骨が硬くなかったら、死んでいただろう」

「あれは計画したことじゃないと思うわ。たぶん詮索好きのよそ者に、誰かがうんざりしただけよ。ねえ、別の話をしない？」ティリーは彼にもたれかかってきた。

パトリックはいきなり立ち上がった。「時間をとってくれてありがとう。そろそろ行かないと」

大男にしては敏捷な身のこなしですたすた歩いていき、ぽっちゃりしたティリーがふかふかのソファからやっとのことで立ち上がったときには、玄関ドアがバタンと閉まる音がした。

パトリック、トニ、アガサは村の広場で落ち合った。そのうち一人しか新しい事実を発見できなかった。つまり、ティリーは市長と火遊びをすることをサンデーに話したということだ。ふいに土くれがアガサの頬にぶつかった。彼女は怒ってさっと振り向いた。これまで村の子どもたちに気づかなかったが、いつのまにか一団がいて、石や土くれをつかんで激しく投げつけ、叫んでいた。「出てけ！　ここから出てけ！」

三人はそれぞれ車に向かって走っていき、またオフィスで集まった。

「警察に通報しますか？」トニがたずねた。

「やめておいた方がいいと思うわ」アガサは言った。「だけど、車に走っていくときに、牧師のジャイルズが牧師館の窓からのぞいているのが見えたの。飛び出してきて男の子たちを止めようともしなかった。もう別の案件にとりかかって、サンデーのことは少し忘れましょう。あなたの方ははかどっている、サイモン？」

サイモンは椅子にすわったまま振り向いた。「メモをすべてプリントアウトしました。どんな小さなことでも、すべて書くように言いましたよね」

「けっこう。あとでじっくり読むわ。サンデーを殺した犯人を見つけることにお金を払ってくれる人はもういないから、今は支払いをしてくれるクライアントに集中する必要があるわね」

その晩、アガサがコテージに戻ってくると、チャールズが待っていた。「報告することがあるんだ」彼は言った。

「サンデーのこと？」

「サンデーのことはひとまずおいておこう。モートン＝イン＝マーシュを運転していたら、よりによってダン・パルマーがそこを歩いていたんだ」

「そんなところで何をしているの？」

「復讐を企んでいるんじゃないことを祈ろう。知り合いから、彼がクビになったと聞いたんだ。だから念のために、きみといっしょにいようと思ってね。ところでサンデーの件はどうなってるんだ？」

アガサは最新のニュースを伝えた。そして、こうしめくくった。

「これは永遠に解決できない事件になるかもしれない」

ダン・パルマーは酒がほしくてたまらなかった。しかし、遅い時刻になってから一杯だけ飲む、と決めていた。新聞社のオフィスを出る前にアガサの関わっている事件についてメモをとってきたので、ジョン・サンデーの未解決の殺人事件について知った。そして、すごいアイディアが閃いた。もし彼がこの事件を解決できたら、アガサ・レーズンと張り合って私立探偵としてやっていけるだろう。しらふでいられたら、彼女を負かせるにちがいない。というのも、彼女には考えつきそうもない汚い手を自分ならいくらでも使えるからだ。

いちばんいい時間は、夜の十時ぐらいだろう。高性能の盗聴器を持っていたので、あたりが静かになったら、コテージのさまざまな会話を盗み聞きするつもりだった。古い警察の知り合いが、殺人犯は村人の一人にちがいないと教えてくれた。

ミルセスターの環状道路沿いのモーテルにチェックインした。部屋にはミニバーがなかった。道沿いのレストランまで行き、二十四時間提供される朝食をとると気分がよくなったものの、アルコールがほしくてたまらなくなった。一杯だけならかまわないだろう。

ミルセスターのパブでは、自制してウォッカをダブルで二杯だけ飲んだ。さらに飲みたいのを我慢してバースツールを下りると、車に戻り、室内灯をつけて地図でオドリー・クルーシスへの行き方を調べた。

村は暗く静まりかえっていた。広場の周囲の小さなコテージはまるで動物がうずくまっているように見える。村から出ると、車を丘のてっぺんのマロニエの木の下に停めた。雲が出てきた。大金を支払ったが、数々のスクープに役立ってくれた盗聴器を手にする。用心しながら徒歩で教会墓地に戻っていき、大きな墓石の陰にしゃがむと、盗聴器のスイッチを入れ牧師館の方に向けた。

男の声が大きく、鮮明に聞こえてきた。舌打ちして、かろうじて聞こえるぐらいに音量を下げた。牧師にちがいない。「もう寝る」牧師は言った。「おまえも来るか？」

「少ししたら」女性の声がした。「お皿を片付けたらね」

それで終わりだった。

やれやれ、まいった。別の場所を試してみよう。彼は黒っぽい服を着て、毛糸の黒い帽子を目深に引き下ろしていた。今夜は暖かく湿度が高かったので、汗ばみはじめた。墓石の陰からそっと出たとたん、悲鳴をあげた。帽子をかぶった背の高い姿がこちらを見下ろしていたのだ。

それが帽子をかぶった天使の石像だと気づいたときには、牧師館のドアが開き、怯えた女性の声がたずねた。「誰かいるの?」

ダンはまたしゃがみこみ、心臓をバクバクさせながら、ドアが閉まるのを待った。それから歩きはじめると、高い建物から明かりがもれているのが見えた。そちらに足を向けた。その建物に通じる小道には、「水車小屋の道」という表示が出ていた。

池のわきのやぶにしゃがみ、高性能の盗聴器のスイッチを入れた。「あの青年がいなくならなければねえ」女性の声がした。「とても感じがよかったのに、詮索屋だとわかって残念だよ。家賃があるとだいぶちがうしね。最近じゃ、帳尻を合わせるのがむずかしくて――」

ダンの後頭部を強烈な一撃が襲った。前のめりに倒れた。盗聴器は奪われ、月光に照らされた金色のさざ波のあいだに放り投げられた。


二日後、アガサが夜にオフィスを閉めようとしたとき、ミセス・ルビー・パルマーが訪ねてきた。

彼女は小柄で、冴えない茶色の髪にきついパーマをかけたやつれた女性だった。カのない目は頻繁にまばたきを繰り返している。紫色のジグザク模様のコットンのブラウスに緑色のよれよれのカーディガンをはおり、長い白のコットンスカートをはいていた。

「ダンの妻のルビーです」彼女は名乗った。

「ダン・パルマーの？　申し訳ないけど、ミセス・パルマー、ご主人が仕事を失ったことで文句を言いに来たのなら、お門違いよ」

「いえ、そのことじゃないんです。あなたは探偵ですよね？」

「それはドアに書いてあるでしょ」

「助けていただきたいんです。ダンが行方不明なんです」

「彼は大酒飲みよ、ミセス・パルマー。たぶんどこかで寝過ごしているのよ」

「そうじゃないんです。主人は探偵として、あなたを見返してやりたいと思っていたんです。それで、あの村に行き殺人犯を見つけてやる、っていきまいていました。夫は違法な盗聴器を持っています、新聞社はそのことを知りませんけど。家の外に立ってそれを使うと、中でしゃべっていることが聞けます。あなたに彼を見つけてほしいんです。夫がいなくて寂しいからじゃありません。お酒を飲むと、本当に嫌な人間になりましたから。でも、最近かなりの大金を伯父から相続したんです。主人はこれまでわずかな生活費しかくれませんでした。彼の身に何かあっても、死体が発見されるまでは、そのお金をもらえないんです。住んでいるハックニーの警察に行方不明者届を出しましたけど、あまり興味を持ってくれませんでした」

「わかったわ」アガサは言った。「彼を見つけられなければ料金はいただかない。名刺を持ってます?」

ルビーはみすぼらしいバッグから名刺を取り出した。

「ミルセスターに滞在するつもりですか?」

「いえ、ハックニーまで帰ります」

「ずいぶん遠いわ」

「慣れてますから。ダンはいつも酔っ払って運転できなくなったので」

「彼が運転していたのはどういう車?」

「古いボルボです」

「この紙にナンバーを書いて。けっこう。何か発見したらすぐに連絡します」

彼女が帰ってしまうと、アガサは近隣のあらゆるホテルに電話をかけはじめ、ようやくダン・パルマーが最後に泊まったモーテルを突き止めた。フロント係は、明日までに戻ってこなければ荷物をまとめてホテルの倉庫に入れるつもりだった、と言った。

アガサは身分を名乗り、警察が捜査するかもしれないので、部屋はそのままにしておくように言った。

それからサイモンに電話して、残業をしてもらえないかと頼んだ。

「まだこの時点で警察に連絡したくないの。パルマーはすごい酒飲みだから、どのホテルに泊まっていたか忘れちゃった可能性がある。そのモーテルに行って外に駐車し、彼が戻ってくるかどうか見張ってもらえない？　真夜中ぐらいまでやってみて。わたしはあちこちのパブに電話をかけてみる。部屋にミニバーがあるか調べてから、電話して。なければ、絶対にお酒が飲みたくなって外に行ったはずだから」

三十分後サイモンが電話してきて、ミニバーはないと報告した。

アガサはミルセスタージゅうのパブに順番に電話していったが、ダン・パルマーは他の客にまぎれて気づかれなかったようだった。いらいらと親指を嚙んだ。今晩も彼が現れなければ、警察に彼が目論んでいたことを報告しなくてはならないだろう。

真夜中に、行方不明の記者は現れなかったとサイモンが報告してきた。

しぶしぶ、アガサはビル・ウォンの自宅に電話すると、母親からビルは夜勤だと言われた。

彼女はオフィスを閉めて警察署に行き、殺人事件について重要な情報があると言って、ビルを呼びだした。

ビルは出てくると、彼女を取り調べ室に案内した。そこはすわり心地のいい椅子と雑誌が置かれ、ホテルのロビーのようだった。

「警察は友好的になったの？」アガサは部屋を見回してたずねた。

「レイプの被害者とか虐待された子どもとか、そういう人たちのために居心地のいい場所が必要だったんです。さて、話してください。何があったんですか？」

アガサはルビーから聞いたことをすべて語った。ビルはすばやくメモをとった。それから言った。「疲れているようですね。あとはぼくたちに任せてください」

「だけど、連絡はちゃんとしてね。だって、わたしが話さなかったら、警察は何も知らなかったのよ」

「約束しますよ」

10

翌朝、アガサはサイモンとトニに言った。

「ダン・パルマーが行方不明になっている経緯は聞いたでしょ。二人であのいまいましい村に行って調査をしてほしいの。警察が詰めかけているはずだから、危険はないはずよ」

アガサはウィルクスがこう言って捜査を却下したとは知らなかった。

「彼は記者で酒飲みで大人だ。人手を割くわけにはいかない」

というわけで、トニとサイモンが村に行くと、警官は一人も見当たらなかった。

「まあ、こんなに天気のいい日だし、昼間から襲われることはないだろう」サイモンは言った。「調べてみよう。まず車を見つける必要があるな」

しかし、パルマーのボルボは村の中にも周囲にも見当たらなかった。

「メイ・ディンウッディと話しに行こう」サイモンが提案した。「腹を立てていたけど、ぼくには好意を持っていると思うし、何か見たかもしれないから」

水車小屋への小道は木陰になっていて、最近雨が降ったせいで、まだぬかるんでいた。

「見て」トニが言った。「ここの泥にたくさんの足跡がついている。警察は足形をとるべきだよね」二人は足跡をよけて水車小屋まで歩いていったが、ドアベルを鳴らしてもメイは出てこなかった。

「暑いし、おなかがすいたな」サイモンは言った。「ランチを買って、村の近くでピクニックにいい場所を見つけよう」

「でも、地元の店はまずいよ。連中に嫌われているから、ここではもう何も訊けない。昼間に襲われることはないって言ったけど、土くれを投げつけてきたあの子たちのことは覚えてるでしょ」

「学校が始まってるから、大丈夫だよ。環状道路の方のガソリンスタンドに店があった。そこで何か買おう」

サンドウィッチとソフトドリンクを手に入れ、二人は村を抜けて丘のてっぺんまで車を走らせた。そこには干し草畑を見晴らすベンチがあった。

干し草は大きな円柱状のかたまりにして積み上げられていた。

「のどかで、いかにも田舎って風景だね」トニはトラクターが畑を走っているのを眺めながら言った。トラクターは干し草のかたまりを前部につけられたスピアで突き刺して、納屋に運んでいる。

「あのスピアは干し草の真ん中に突き刺さないとだめだな」サイモンが言った。「干し草が地面をこすったら、汚れちゃうから。サーモンサンドウィッチをどう？」

「ありがとう。またトラクターが来た」

トラクターがガタゴトと戻ってきた。スピアが次の干し草に突き刺された。サイモンは目をみはった。日差しで赤く光る黒っぽいものが干し草からにじみ出てくる。彼はフェンスを飛び越え、「ストップ、ストップ」と叫びながら走りだした。

トラクターの運転手はエンジンの音で彼の声が聞こえなかったが、サイモンが叫びながら畑を走ってくるのには気づいた。

彼はエンジンを切り、むっとしながらたずねた。「どうしたっていうんだ？」

「あの干し草から血がにじみ出てる」サイモンは息を切らしながら言った。

「だから何だ？　たぶんキツネかウサギだろ」

「その干し草を動かさないで。警察を呼ぶから」

「もう呼んだ」トニが言いながらやって来た。「アガサに電話して」

青い開襟シャツとジーンズの長身の男が畑を急ぎ足でやって来た。「ボスが来た」トラクターの運転手がむっつりと言った。「あんたらのせいだぞ」

「ジェラルド・フェアフィールドだ。ここの農場の」男は言った。「何があったんだ、アンディ？」

「この連中が干し草から血が出ているってわめいているんでさ」

「たぶん動物か何かだろう」ジェラルドはいらだたしげに言った。

トニは行方不明のジャーナリストについて手短に説明した。

ショックを受けていたが、農場主がとてもハンサムなことにサイモンは気づいた。トニが熱心に説明しているのを聞いているうちに、ジェラルドの怒った顔がやわらいだ。

「わかったよ、お嬢さん」彼は言った。「警察が到着するまで待とう。もっとも、あんたたちはとんでもない勘違いをしていると思うけどね」

ビル・ウォンが二人の警官を連れて最初に到着した。彼は干し草を観察してから言った。「犯罪現場班の到着を待たなくてはなりません」

「まさか真剣にとりあうつもりじゃないだろう？」ジェラルドが抗議した。

「真剣そのものです」ビルは言った。「ああ、犯罪現場班が到着した。殺人現場かもしれない場所を汚染したと非難されないように、ここから離れましょう」

全員が畑のへりにさがると、白いつなぎ姿の人々が道具を持って進んでいった。サイモンは車にあった双眼鏡をとってきて、現場を観察した。干し草の周囲のワイヤーが切られ、犯罪現場班は中身を調べはじめた。

ついに干し草から丸まった死体がころがりでてきた。

「ゆうべもこの畑の作業をしていたんだろ、アンディ？」ジェラルドがたずねた。

「ああ、ボス。知ってんでしょ。きのうは昼間じゅう、それに暗くなったあとも作業してましたよ、まちげえなく」

アガサがフィルとパトリックといっしょにやって来た。彼女はビルにルビーの名刺を渡した。

「ロンドンのハックニーまで誰かに彼女を迎えに行かせて、死体の身元確認をしてもらった方がいいわ」

「水車小屋の池のそばの小道には、まだたくさんの足跡が残ってますよ」サイモンが教えた。

「よし」あとから来たウィルクスが言った。「それにとりかかれ」彼はアガサの方を向いた。「あとはわたしたちに任せてもらいたい。私立探偵に現場をうろちょろされたくないのでね」

「うちの探偵が死体を発見しなかったら、あなただって現場をうろちょろできなかったのよ」アガサは言い返した。

「おたくの二人の探偵に署まで来て供述をしてもらいたい、あなたといっしょにね、ミセス・レーズン」

ビルはアガサにささやいた。「あとでうかがいます」


ミセス・フリードマン以外のスタッフたちは、アガサのコテージでビルが来るのを今か今かと待っていた。チャールズもやって来て、パブにステーキパイをデリバリーするように頼んできた、と言った。おかげで、全員がアガサの冷凍庫に詰めこんであるスーパーのカレーを食べずにすんだ。

夕食を食べ終えた頃に、ビルがやって来た。

「すごい騒ぎですよ。ええ、あれはダン・パルマーで、考えている以上にひどかった。予備検死では、おそらく意識を失っていたが、干し草梱包機がすくい上げたときにはまだ生きていて、トラクターのスピアで突き刺されたのが最後のとどめになったという話です」

「ミセス・パルマーはどんな様子？」

「実に冷静です。あまりにも冷静なので、ウィルクスは彼女のアリバイについても調べたが、あなたと別れてからまちがいなくハックニーに戻っていました。それに、ダンみたいな男を襲い、干し草畑に放置するには彼女は小柄すぎる。死体が捨てられたときには、まだ干し草は刈りとられていなかったが、干し草梱包機がすくい上げるはずの場所に死体が置かれたんです。アンディは何も見てないと言っています。一軒、一軒聞き込みをしてるところです。パルマーの車は見つかっていません。もうひとつあるんだ、サイモン。水車小屋の小道で足跡をいくつも見たっていうのは本当かい？」

「はい」

「警察が確認しにいったときにはもう、何かでならされていたんだ。きみは水車小屋の小道の足跡に、どうして特別な関心を抱いたんだ？」

サイモンはアガサを見た。

「あら、いいわよ、彼に話して」アガサは言った。

そこでサイモンは池に落とされたことと、牧師に嘘をついて泳げないと言ってあったことを打ち明けた。

「では、ぼくの話をよく聞いてください」ビルが言った。「再び村に捜査本部車両を設置するので、あの場所は刑事や警官であふれ、もちろん記者たちも来るでしょう。みなさんは村に近づかないでほしい。また新しい死体が出たら困ります。村の外やミルセスターでも用心してもらいたい。あなたたちは死体を発見したから、殺人犯は発見者を消した方が安全だと思うかもしれない、おそらくサイモンを。きみは別の案件も抱えているんだよね。そっちに取り組んでください」

ジェームズ・レイシーはシンガポールのホテルの部屋にすわり、BBCテレビの国際ニュースでオドリー・クルーシスについての最新ニュースを見た。いつものようにアガサが事件の中心にいたんだ、と思った。彼女がいなくてつまらなかった。それどころか、心から寂しく感じていることを認めないわけにいかなかった。だが、彼女が自分を見るときに、あのクマみたいな目に浮かぶ軽蔑が怖かった。もう少しで結婚しそうになった、あの頭の空っぽな女に夢中になったことを、アガサはいつか許してくれるだろうか。

チャールズも含めて全員が帰ってしまうと、アガサは濃いブラックコーヒーを淹れて、煙草に火をつけた。最近は室内で周囲に人がいるときは、煙草を吸わないようにしていた。ジョン・サンデーの事件についてのサイモンの報告書を、夜更かしして最初から最後まで念入りに読んでみることにした。ようやくベッドにもぐりこんだとき、何か重要なことを見逃している、といういらだたしい感じがしてならなかった。

その後の二週間、アガサとスタッフたちは勤勉に仕事をこなし、アガサはジョン・サンデーとダン・パルマーの殺人事件を頭から締め出そうとしていた。警察はダンの車が出てくるのではと期待して水車小屋の池をさらったが、車は見つからず、ダンの盗聴器だけが見つかった。

「あの村にはもう行く勇気がないわ」アガサはある晩、ミセス・ブロクスビーに嘆いた。「だけど、もう一度、全員に会ってみたいんだけど。そうだ！」

「どうしたの？」

「ほら、ここの婦人会はいつも別の村をもてなしたり、もてなされたりしているでしょ。オドリー・クルーシスの村人たちを招いたらどう……そうねえ……村の公会堂での特別なクリームティー（スコーンと紅茶のセット）のイベントとか？　一人二ポンドで、無料送り迎えつき。売り上げは慈善事業に寄付。アルツハイマー協会はお金を必要としているでしょ」

「ミセス・レーズン！　費用を考えて。それじゃ、自分たちのコストを回収することもできないわ、ましてや慈善事業に寄付なんて」

「参加者の分はわたしがもつわ。この殺人犯を野放しにしておきたくないの。心配しないで。手配はすべてわたしがやるから。そうだ、村のバンドを雇って陽気な音楽を演奏してもらいましょう」

ドアベルが鳴った。ミセス・ブロクスビーが出ていき、チャールズといっしょに戻ってきた。

「あら、チャールズ」アガサは言った。「すばらしいアイディアを思いついたところなの」

チャールズはソファの彼女の隣にすわって、計画に耳を傾けた。

「移動トイレもふたつばかり借りた方がいいよ」チャールズが言った。「出席する老人たちのことを考えてごらん。膀胱は弱っているし、前立腺は腫れている。わたしの記憶では、公会堂にはひとつしかトイレがなかった」

「手配するわ」アガサは目をぎらつかせた。

「アガサ」チャールズが率直にたずねた。「理由をまだ聞いてないけど」

「会場にすわって、彼らを観察したいの」

「で、探偵の直感が閃いて、さっと立ち上がるや『謎は解けた！』と叫んで、誰かを指さすつもりなんだろう。新聞に殺人犯の写真が載ると、多くの人が『あの目を見ろ！　まさに殺人者だ』と言う。だが、逮捕されるまでは、まったくありふれた外見にしか見えなかったんだ」

「何かつかめるはずよ。イベントまで二週間ある。明日ポスターをプリントアウトして、牧師館に送るわ」

「誰も来なかったら？」チャールズがたずねた。「だって、きみがカースリーに住んでいるのを知っているんだし、裏に何かあると警戒するかもしれない」

「二ポンドでクリームティーにありつけて、ただで送り迎えしてもらえるなら絶対来るわよ」

「お茶だけでお酒が出ないのは残念だ」チャールズが言った。「ちょっとは口が軽くなるかもしれないのに」

「そうだわ」アガサは言った。「あの女性の名前は何だったかしら、ミセス・ブロクスビー？　市場でスロージンとエルダーベリーワインを売っている人？」

「ミセス・トゥルーリー」

「彼女の電話番号を教えて。いいアイディアよ、チャールズ」

「ミセス・レーズン」ミセス・ブロクスビーが厳しく言った。「酔っ払いの殺人犯は、あなたをとても危険な目に遭わせるかもしれないのよ？」

「だったら、いっそうけっこう」アガサは楽しげだった。「狩りだしてやる！　犯人は複数だと思うの」


ミセス・ブロクスビーは当日に雨が降ることを祈っていた。このお茶会は、よくてお金のむだ遣い、悪ければきわめて危険だと心配していたからだ。しかし、当日は太陽がさんさんと輝き、来場者を運ぶバスはどれも満員だった。アガサはケータリング業者を雇っていた。ミセス・トゥルーリーはテーブルを回って、スロージンやワインを勧めていた。バンドは古い名曲を演奏し、会場には善意と陽気さがあふれていた。ジャイルズ・ティムソンですら、アガサに微笑みかけた。

「本当にご親切に。うちの村の住人たちには、恐ろしい殺人事件の気分転換ができるこういう機会が必要だったんです」

サイモンとトニは入り口のテーブルに並んですわっていた。二人は来場者からお金を集めたので、今はのんびりしているところだった。

「みんな楽しんでいるようだね」サイモンが言った。「メイ・ディンウッディもぼくにやさしい言葉をかけてくれた」

「何か起こせるって、アガサは信じているのよ」トニが言った。「集めた会費はどうしたらいいかな？」

「計算しておこう」サイモンが言った。「それからミセス・フリードマンに渡して銀行に入金してもらい、彼女はアルツハイマー協会宛てに小切手を書く」

「さっそく始めた方がよさそうね」トニはため息をついた。「この二ポンドを払うために、ブタの貯金箱を壊した人もいるはずだもの」

「アガサは準備万端だ、銀行のビニール小袋をどっさり置いていった。一ペニー用、二十ペンス用って。さっさと片付けたら、会場に行ってスロージンを味見してみようよ、もし残ってたら」

ペネロペ・ティムソンが椅子を運んできて、アガサの横にすわった。

「とても楽しいわ」彼女は言った。

「ええ」アガサは残念だった。誰もピリピリしている様子はない。怯えている人も、不安そうな人もいなかった。「若い人たちがどうしているか見てきます」

アガサが入り口に行くと、トニとサイモンは硬貨を袋に入れているところだった。

「ほぼ終わりました」トニは報告した。

「外で煙草を吸ってくるわ」アガサは言った。

外のベンチにすわり、煙草に火をつけた。このいまいましい事件はあきらめなくちゃならない、とまたもや考えた。だがバンドの音に負けじと、心の声が反論するのが聞こえた。チャールズがやって来て隣にすわった。彼は襟元を開けた紺色のコットンシャツとブルーのチノパンというラフな格好だったが、それでもスーツにネクタイを着ているみたいにきちんとして見え、落ち着きを漂わせていた。

「一本くれないかな」

「煙草を？　体に悪いわ」

「たしかに。一本渡して」

彼は火をつけると、ベンチにまたすわった。「何か妙だと思わなかった？」

「いいえ。どういうこと？」

「こういうふうに見てごらん。村人たちは不愉快な連中ばかりだ。たとえばキャリー・ブラザーは村ではまったく人気がないが、それでも全員そろってクリームティーをガツガツ飲んだり食べたりし、スローガンをあおり、ラブイン（ヒッピーの集会ですべてを愛することをテーマにしたもの）みたいに穏やかにふるまっている」

アガサは体を起こした。「つまり、みんな、演技をしているってこと？」

「わたしにはそう見える」

「だけど、なぜ？　村人の中に殺人者がいるって思っているはずでしょ」

「おそらく誰なのか見当がついているんだよ。彼らはばれないと思っている。連中の立場で考えるんだ。ジョン・サンデーはいまいましい厄介者だった。ダン・パルマーはそれを調べようとした。サイモンは身分を偽ったスパイだった。村の人間は一人残らず、きみが突然この気前のいいイベントを催した理由を推測し、とことん演技をしているんだと思うね」

「まあ、ありがたいことに、売り上げはアルツハイマー協会に寄付されることになるけど」アガサは憂鬱になった。「わたしもじきにお世話になるかもしれない。何か騒ぎを起こすべき？　会場に入っていって、殺人者の正体を知っている、と宣言するべきかしら？」

「そしたらロイみたいに、恐ろしいことがきみの身に起こりかねない。忘れるんだ。今日を楽しみたまえ」

「シャロンのことは乗り越えた？」ようやく会費を袋に仕分けし、記帳を終えると、サイモンはトニにたずねた。

「いえ、あまり。しょっちゅう彼女を見かける気がするの。通りの先に髪を何色にも染め、チューブトップに穴あきジーンズをはいた子を見かけると、駆け寄りたくなる。あたしにできることがあったんじゃないか、ってずっと考えている。アガサに彼女を部屋から追い出させなければよかったって」

「そうしたら、きみも死んでいたかもしれない。いずれ彼女はバイカーの友人たちを部屋に招いただろう。そうだ、今夜、いっしょに映画に行かないか？」

「いいよ。何を観るの？」

「わからない。今思いついたばかりだから」


その日がようやく終わった。スコーンも、ストロベリージャムも、ホイップクリームも、まったく残らなかった。ミセス・トゥルーリーはアガサに請求書を渡すと、残りのボトルを持ち帰っていった。作業員が移動トイレを撤去しにやって来て、トイレがひどく汚れていると苦情を言った。

「床に小便をしてるやつがいた」一人が文句をつけた。「汚い老いぼれ野郎どもだ」

彼はバーミンガム出身の男だったので、都会以外の田舎には、ろくな連中がいないと信じていた。

アガサはケータリング業者と村の女性たちを手伝って後片付けをしてから、疲れ果ててチャールズといっしょにコテージに帰ってきた。

「これまでのメモを調べるつもりなの」アガサは言った。「絶対何か手がかりがあるはずよ」

「じゃあ、わたしは帰るよ」チャールズは言った。

アガサは急に独りぼっちになるのが寂しくなった。「チャールズ、お願い……」

彼は振り返り、真剣なまなざしでアガサを見た。「お願いって何？」

「何でもない」アガサはぶっきらぼうにごまかした。「また会えるときに会いましょ」

猫たちにえさをやり庭に出してやると、メモのフォルダーを集めて庭のテーブルに運んでいった。

読みはじめた。サイモンがチェルトナムへ老人たちを送迎したときの描写はとりわけおもしろかった。かつて、ボグルというぞっとする老夫婦をあちこちに連れていかなくてはならなかったときの経験を思い出した。それから、いきなりフォルダーをテーブルに置いた。老人……トイレ……移動トイレの作業員の文句。

ペネロペ・ティムソンに電話した。

「ああ、ミセス・レーズン。とってもすてきな企画をありがとう」

「ちょっとたずねたいことがあって。一階にトイレはありますか？」

「ええ、玄関ドアを入って左側に」

「すぐにお会いしにうかがわなくてはなりません。とても重要なことなんです」

「でも、本当に……わかりました。ただ、早めに寝る予定でいるので」


牧師館の客間で、アガサはペネロペをじっと見つめた。

「さて、ジョン・サンデーが殺された夜、誰も部屋を出なかった、と言ってましたね。ミリアムとミス・シムズをのぞいては。そうなんですか？」

「ええ。警察にもそう話したわ。どういうこと――」

「考えて！　トイレを使うために短時間、誰かが席を立ちませんでしたか？」

「ええ、だけど、トイレはドアのすぐ外よ」

「誰です？」

「こういう話は気恥ずかしいわ。だって、そちらの話題については、表だって口にしないものでしょ。わたしは子どもの頃から――」

「誰なの？」アガサは叫んだ。

「ええと、たしかミスター・ビーグルとたぶんミスター・サマーかしら」

「やっぱり！」アガサは立ち上がり、すぐに玄関のドアが勢いよく閉まる音が響いた。

11

アガサは翌朝八時にスタッフに緊急招集をかけた。

彼女はわかったことを説明してから言った。

「となると、チャーリー・ビーグルかフレッド・サマーってことになるわ」

「だけど、あんな年寄りですよ」トニが反論した。

「毎年クリスマスイルミネーションを飾れるほど体力があるのよ。どっちかが、あの晩、牧師館で抗議集会が開かれるとジョン・サンデーに伝える。サンデーは詮索屋だから、牧師館にそっと近づいていく。チャーリーかフレッドが、トイレに行くふりをしてこっそり外に出て庭に回ると、サンデーが牧師館の窓に近づいていくところだったので、彼を刺し、すばやく牧師館の客間に戻る」

サイモンは興奮していた。

「ちょっと待って。犯人が誰にしろ、血まみれのナイフを持って戻るわけにいきませんよ。死体が発見されたら、すぐに警察が呼ばれるとわかってますから」

「殺人者は会が終わるまでサンデーが見つかるとは思っていなかったんじゃないかな」パトリックが指摘した。「彼が窓によろよろ歩いていき、全員の目の前で死ぬとは予想もしていなかったんだろう」

「ええ、それならいっそうですよ。殺人犯はどこにナイフを隠したんだろう？」とサイモン。

「トイレのタンクでしょうか？」フィルが意見を述べた。「だが、警察は凶器を徹底的に捜したはずですよね」

「ただし」アガサは興奮のあまりあちこち歩き回っていた。「警察はミリアムとミス・シムズしか部屋から出ていないと考えていたから、残りの人のことは調べなかった。殺人犯はそれを予想していなかったかもしれないけど。警察は牧師館の外で凶器を捜していたのよ」

「じゃあ、警察に話して、改めて捜索してもらおう」パトリックが提案した。

「わたしがこのことを発見したのよ」アガサは頑固に言い張った。「だから、証拠もわたしが見つける。ミセス・ブロクスビーといっしょにお茶会の売り上げの報告をしに牧師館に行って、トイレに行き、玄関ホールも捜してみるわ」

「ミス・シムズというのは誰ですか?」サイモンがたずねた。「彼女がやったんじゃないというのは確かですか?」

「そういうタイプじゃないわ。それに、彼女はミリアムといっしょに出ていき、そのあとずっといっしょだった」

「だけど」とフィルは不安そうだった。「ずいぶん前のことですよ。犯人は牧師館に戻って、ナイフを取り戻す機会がいくらでもあったはずです」

アガサはがっかりした顔になった。それから、きっぱりと言った。

「それでも試してみるつもりよ」

「牧師館に何時に行くのか、われわれに知らせておいてくれ」パトリックが言った。「全員が近くに駐車していれば、危険が迫ったらすぐに助けを呼べる。覚えてるだろう、牧師は書斎にいたし、短気なことで有名だ」

「ただ、二人の老人がクリスマスのイルミネーションのことで殺人をするとは想像できませんけどね」サイモンは言った。

「わたしは想像できるわ」アガサはけんか腰で言った。「あのイルミネーションは、老人の惨めな人生におけるハイライトだったのよ」

アガサはカースリーに車で行き、驚いている友人のミセス・ブロクスビーに計画を話した。

「でも、警察が……」牧師の妻は反論しかけた。

「警察なんてだめ。大挙して押し寄せ、歩き回り、全員を警戒させてしまう。村人の誰かには警察に甥とかいとことかがいるかもしれない」

「よくわかったわ。不審に思われないように、お茶会で集めたお金の記録だけ持っていくわね」

ペネロペは二人を歓迎した。「見事な成功だったわ！　善行はすばらしい輝きを与えるものね。さあ、お庭でおいしいお茶を飲みましょう。これから天気がくずれるって言っているから、日差しを楽しめる最後のチャンスかもしれないわ」

アガサは庭の椅子にすわり、ペネロペがお茶のトレイを持ってくるのをいらいらしながら待っていた。それから言った。「ちょっと失礼」

「二階の踊り場よ、お化粧直しをしたいなら」ペネロペが言った。

「玄関ホールにないの？」

「すごく暗いの。二階の方がずっといいわ」

「大丈夫よ」アガサは言うと、すばやく室内に入った。

ホールのトイレは小さくて暗かった。長い鎖のついたタンクが高い位置にある古いトイレだった。何年も開けられたことがないような小窓が奥にある。トレイのわきには小さな棚があり、『神はあなたの人生にいるか？　イエスと会おう』などという本が並んでいた。

アガサは慎重にすべての本をどかしたが、裏側には何もなかった。元に戻す。そのときトイレのドアの取っ手がガタガタいった。「誰か入ってるのか？」ジャイルズの声だ。

「アガサ・レーズンです。すみません。少し便秘で」

心臓をバクバクさせながら、彼が階段を上がっていく足音がするまで待っていた。さて、あとはどこ？　スペアのトイレットペーパーを置いた高い棚があった。便器の座面に立ち、その後ろを捜しはじめた。何もない。

便器にぐったりとすわりこんだ。それから床を眺めた。古い緑色のリノリウムが敷かれているが、部分的に湿気と経年のせいでゆがんでいる。ひざまずいて、その部分をはがしてみた。

自分の目が信じられなかった。隅の一部をはがすと、そこにキッチンナイフがあった。

携帯を取り出し、パトリックに電話した。「凶器を見つけた。警察を呼んで！」

ドアが遠慮がちにノックされた。ペネロペだ。「大丈夫、ミセス・レーズン？」

彼女に打ち明けるべき？　いいえ。

「ひどい便秘なの」彼女は叫んだ。「もうすぐよ」

「あら、まあ。わたし、便秘薬を持っているわよ。ドアをほんの少しだけ開けてくれれば、お水といっしょに滑りこませられるけど」

「もう大丈夫よ」アガサは大声で叫んだ。

どうして警察はこんなに時間がかかるの？　そのとき、恐ろしいことにフレッド・サマーの声が聞こえてきた。「何が起きているんだね？」

「ご心配なく、ミスター・サマー」ペネロペが言うのが聞こえた。「ミセス・レーズンがトイレを使っているの」ペネロペは声を張り上げた。「もう大丈夫、ミセス・レーズン？」アガサは立ち上がり、チェーンを引っ張って水を流し、洗面台で手を洗った。それから叫んだ。「ドアがつっかえて開かない」

「大丈夫だ」フレッド・サマーの声。「ここにいるチャーリーがハンマーを持ってるから」

「あら、やだわ。警察を呼んじゃった！」

「何ですって？」ペネロペが甲高い声をあげた。

「ドアをハンマーで壊されたくないでしょ。警察なら錠前開けを持っているはずよ」

牧師のジャイルズが外のグループに加わった。それからキャリー・ブラザーも。アガサは体が大きくなって家から出られなくなった不思議の国のアリスみたいな気持ちになってきた。すると、チャーリー・ビーグルが叫んだ。

「さがってくれ。おれが出してやる！」

ハンマーがドアに打ちこまれた。そのとき、パトカーのサイレンが聞こえてきた。

そしてビルの声。

「そのハンマーを下ろすんだ。大丈夫ですか、ミセス・レーズン？」

アガサはドアを開け、めくったリノリウムとナイフを無言で指さした。

「わたしは触ってない」

「けっこう」ビルは言った。「出てきてください。このドアには立ち入り禁止テープを張ります。鑑識チームが到着するまで」

フレッド・サマー、チャーリー・ビーグル、キャリー・ブラザーは姿を消していた。

「わが家で何が起きているのか、誰か説明してくれないか？」牧師が今にも怒りが爆発しそうな金切り声でたずねた。

「ミセス・レーズンがお宅のトイレのリノリウムの下に、ジョン・サンデーを殺したとおぼしき凶器を発見したんです」ビルは言った。「さて、アガサ。庭に出て、供述をとらせてください」

「チャーリー・ビーグルとフレッド・サマーを連行させた方がいいわ」アガサは言った。「その後で話をする」

ビルは命令を叫んだ。「ここで待っていて、アガサ。ウィルクスに電話しないと」ビルは離れると、早口で携帯電話に向かってしゃべりはじめた。それからアガサのところに戻ってきた。

「では、話を聞かせてください」

おそらく老人の誰かがトイレのために客間を出ていっただろうが、牧師の妻はそれを口にしなかったのではないかと考えたいきさつをアガサは話した。

「警察署に来て、最初から最後まで供述してもらった方がよさそうです」ビルは女性警官に合図した。「ミセス・レーズンを署に連れていき、完全な供述をとって」

「自分の車でついていくわ」アガサは言った。

警官が走りこんできた。「連中が見つかりません」彼は息を切らしながら言った。

「どんな車に乗っていた？」

「車を持っていなかった、と近所の人々は言っています」

「行ってください、アガサ。ぼくはもっと部下を呼んで、畑を調べなくてはならない」

「待って！」アガサが叫んだ。「ダン・パルマーの車よ」彼女はバッグをひっかき回して、ノートを取り出しページをくった。「これよ」ビルに型式とナンバーを教えた。

「その車はとうとう見つからなかった。それを使っているにちがいない」

ビルはあわてて自分の車に戻ると、道路を封鎖するように無線で指示を飛ばした。

アガサは運転しながらトニとサイモンに電話し、行方不明のビーグル夫妻とサマー夫妻を捜すように指示した。


アガサは聴取担当者がやって来るのを警察で辛抱強く待っていた。一時間後、よく覚えている以前からの取り調べ室に案内された――傷だらけのテーブル、無機質の緑色の壁、硬い椅子。

これまで会ったことのない女性刑事が制服の巡査部長といっしょに入ってきた。

「わたしは部長刑事のアニー・ブラックで、こちらはピーター・リン巡査部長です」

彼女は挨拶した。

アニー・ブラックは艶のある黒髪と澄んだ青い目の持ち主だった。ビルはまだ彼女に夢中になっていないのかしら、とアガサはぼんやり思った。

テープレコーダーのスイッチが入れられ、アガサは供述を始めた。アニーはアガサの噂を聞いていた。本物の探偵らしい仕事をせず、手がかりをつかむまで、ただあちこち突いて、ひっかき回しているだけだと。しかし、誰かがトイレを使ったことを口にするのははばかられると牧師の妻が思っていたとは、刑事も警官も思いつかなかった。それは認めねばならない。

供述書にサインすると、アガサは受付で待つように言われた。

ようやくアニーが出てきて、アガサの隣にすわった。

「今後数日間、あなたを安全な部屋に隔離したいんです。女性警官が自宅に行き、荷物を詰めるまで待っています」

アガサは猫たちのことを思った。「大丈夫よ」きっぱりと断った。「家には防犯アラームもついているから。相手は老人でしょ」

「二件の殺人を犯しているかもしれないんですよ、ミセス・レーズン。二件目の犯行はとても残虐でした」

「いいえ、絶対にお断りします。大丈夫ですから」

　サイモンはトニとメイ・ディンウッディを訪ねることにした。村の誰も、二人や警察と口をきこうとしなかった。メイならまだ話をしてくれるかもしれない、とサイモンは期待していた。

　メイは目の前でドアを閉めようとしたが、サイモンはあわてて言った。

「情報を買い取ることもできます」

　ドアがまた数センチ開いた。

「いくら？」メイは苦しい懐具合を考えながらたずねた。

「二百ポンド」

「じゃ、入って。だけど、わたしに話せることに二百ポンドの価値があるの？」

「フレッドとチャーリーは奥さんといっしょに姿を消しました。四人は殺された記者の車を使っているかもしれない。田舎の地理はご存じでしょう。警察が捜すことを思いつかないような隠れ場所が、どこかにないですか？」

　メイは無言ですわり、額に皺を寄せて考えこんだ。しばらくして口を開いた。

「ひとつだけある」

「どこですか？」トニがたずねた。

「サーリー農場。以前はサー・マーク・サーリーの地所だったんだけど、去年亡くなったの。相続税がぞっとするほどかかった。だけど、ジョージ王朝様式の美しい建築物だったから、甥御さんがどうにかナショナル・トラストに引き継いでもらった。まだ作業は始まっていないけど、門番小屋に人を住まわせて、塀やフェンスは修理させているし、敷地をパトロールする夜警も雇った。敷地内には納屋や厩舎がたくさんあるし、東屋も立っている」

「門番小屋の男に見つからずに入りこむことは可能ですか？」サイモンがたずねた。

「ええ。去年、トラストが作業にかかる前に、しょっちゅうあのあたりをぶらついていたものよ。静かだし、荒れていて手入れは必要だけど、敷地はとてもきれいなの。裏道があるのよ……待って。地図があったはず。最初にここに越してきたときに買ったから、古くなっているかもしれないけど」

彼女は部屋を出ていった。サイモンは窓辺に歩み寄り、池を眺めた。曇って冷えこんできた。振り向くとメイが部屋に戻ってきた。「ほら、これよ」彼女はテーブルに地図を広げた。

「これが農場で、すぐそこの点線が裏道。昔は御用聞きが使っていたらしいけど、二十世紀半ばぐらいから使われていないんじゃないかと思う。戦後、古い習慣がすたれて、みんな使用人を見つけられなくなったから、御用聞きは表側から行くようになったの」

「あの四人の動機は何だったと思いますか？」トニが質問した。

「仮定の話だからね」メイは釘を刺した。「ええ、そう、あのクリスマスイルミネーションのせいだったんだよ。〈コッツウォルズ・ライフ〉に写真が載ったし、四人はミッドランズ・テレビにも出演した。とても自慢にしていたの。そこへジョン・サンデーが現れて、何もかもぶちこわしにした。お金、もらえる？」

サイモンは小切手帳を出して、二百ポンドの小切手を書いた。

メイは顔を赤らめながら言った。

「受けとるべきじゃないけど、不況で苦しくて」

「この地図は借りていきます」サイモンは言った。「また返しに来ますね」

外に出るとアガサに電話しようとしたが、彼女は聴取を受けていたので携帯の電源が切られていた。

「とにかく、行って偵察してみよう」サイモンは言った。「きみの車で行こう。ぼくのバイクは音が大きいから」

サーリー農場は村から二十五キロほど離れたコッツウォルズ丘陵のあいだにあった。どこにも表示は出ていなかった。

二人はどうにか、あばら屋のわきから延びる雑草が生い茂った小道を見つけた。「見て!」トニが叫んだ。「すでに誰かが通ってるよ。車のわだちが見分けられる。ねえ、サイモン、警察に連絡した方がいいんじゃない?」

「そうしたらパトカーがサイレンを鳴らし、ヘリコプターが頭上を飛び、永遠に彼らをつかまえられなくなるかもしれない」サイモンは言った。「ぼくたちはド素人に見えるよ。どこまで車で入れるか進んでみて」

トニはまた車を発進させた。両側から木々ややぶが迫ってきた。トニはついにまた停止した。

「犯人がここに潜んでいるっていう、ただの勘で、車のボディをこすりたくないんだけど。降りて歩いてみない?」彼女は言った。

「それほど遠くないはずだ」サイモンは歩きながら言った。「だって、ジョージ王朝様式の美しい建築って、メイは言っていただろ。美しい建築にはそれほど広い土地はついていないよ」

二人はアーチになった緑の木陰を進んでいった。サイモンがいきなり立ち止まった。道の泥にはっきりとタイヤの跡がついている。

トニは携帯電話を取り出した。「もう一度アガサにかけてみる」

「どうして?」

「だって彼女がボスだから。あんたみたいなやり方はアガサには通用しないよ」

今回はアガサをつかまえることができ、トニは早口で説明した。

「危険に飛びこまないで。一人でも姿が見えたら、警察に電話して。わたしもそっちに向かうから」

アガサはチャールズに電話した。

「トニがサーリー農場に連中の隠れ家を発見したと言ってきたの。知ってる? 裏道から近づいていくみたい」

「きみはどこなんだ?」

「警察の前に駐車している」

「わたしはミルセスターにいるんだ。すぐに合流するよ」

アガサはパトリックとフィルに電話して、今やっている仕事を中断するように言うべきだろうかと迷ったが、思い直した。二組の老夫婦を見つけられる可能性はさほど高くないだろう。

チャールズがやって来たので、二人は出発した。

「屋敷の裏手に出た」トニがささやいた。二人は道を半ば隠している木立から出てきた。「これからどうする?」

「木立とやぶのあいだに隠れて、監視するのがいいと思う」サイモンが言った。

二人はやぶにしゃがみこんで待った。屋敷は荒れ果てていて、誰もいないように見えた。

「家のすぐそばまで車をつけたら」とトニがささやいた。「ボディがひどくこすれているにちがいないね。歩いてきたときに、折れた小枝をたくさん見かけたもの。きっとあそこにいるにちがいない。あの道を無理やり通ろうとするほど頭がおかしい人なんて、他にいないでしょ」

「アガサがもうじき来るだろう」サイモンがささやいた。「ぼくたちだけでやりたかったな」

トニは携帯電話をまた取り出した。「警察に電話するね」

「なんだって?」サイモンが携帯を取ろうとしたが、トニは彼から離れて森に入っていった。ふいに恐怖がこみあげてきた。シャロンがそばにいて、そんな馬鹿な真似をするな、と言っている気がした。それでもビル・ウォンの携帯にかけた。デートをしていた当時からずっと登録したままの番号だ。「ビル、サーリー農場にいるの。連中はここにいると思う。あたし——」

低い声が耳元で言った。

「ボーイフレンドにまた会いたければ、その電話を地面に落としな」

トニはさっと振り向いた。フレッド・サマーがハンティングナイフを手に立っていた。

「落とすんだ!」彼は脅しつけた。トニが携帯を落とすと、フレッドは足で踏みつけた。「さあ、歩け!」

トニは背中にナイフを突きつけられて前へ進んでいった。サイモンはさっきの場所にいたが、うつぶせに地面に倒れていて、チャーリー・ビーグルがショットガンを持って彼を見下ろしていた。

「立て」チャーリーが言った。「二人とも家に入れ」

　ビル・ウォンは緊急応援を要請した。それからアガサに電話した。

「あの若い二人を危険のまっただ中に送りこんで、どういうつもりですか？　二人はやつらにつかまりました。現場に向かっている途中なら、そこで待っていてください。こっちは二人を助けるだけで精一杯ですから」

「何があったんだ？」運転していたチャールズがたずねた。アガサは説明した。チャールズはアクセルを目一杯踏みこみ、車は速度をぐんと上げた。「表側から入ろう。裏道を探していたら貴重な時間がむだになる」

　門番小屋から男が急いで出てきて、片手を上げた。チャールズが窓を下げて逃亡殺人犯が農場に隠れていると叫んだ。門番は急いで門を開けた。「銃はあるか？」チャールズがたずねた。

「ショットガンとライフルが」

「急いでそれをとってきて車に乗れ」

　アガサは不安におののいていた。トニは無事なの？　もしあの子に何かあったら、とうてい自分を許せないだろう。

トニとサイモンは地下室に連れていかれた。頭上のドアに鍵がかけられる音がして、二人きりになった。クモの巣のかかった天井近くの窓から、かすかな光が射しこんでくる。

「あたしたちを殺すつもりだよ」トニが言った。「今、上でどうやって始末するか考えているのよ」

「何があったんだ？　きみが警察を呼んでいるのをフレッドに聞かれたのかい？」

「そう」

「じゃ、うまくいけば、連中は逃げ出し、ぼくたちをここに閉じこめたままにするよ。どうにかして逃げ出せるといいんだけど。やっぱり連中が殺人犯だったんだね」

「背中を向けていて」トニが手探りで暗い隅に行きながら言った。

「なぜ？」

「おしっこしたいから。あそこで、もう少しでもらしそうだった」

また戻ってくると、トニは言った。「あそこに石炭があるよね？」

「うん。何かいい案があるのかい？　あいつらが戻ってきたら石炭をぶつけるとか？」

「石炭があるってことは、石炭投入口があるってことでしょ？　そこから地下室に石炭が入れられている。ここはワインセラーじゃない。石炭貯蔵庫だよ」

「そうだな」サイモンはうれしそうに言った。「どこかに投入口があるにちがいない」

チャールズは正面玄関に車をつけた。マット・フォックスと名乗った門番は飛び降りると玄関のドアを開けた。

「待って！」アガサは叫んだ。「車の音が聞こえる」

「裏からだ」チャールズが言った。マットはまた車に飛び乗り、チャールズは屋敷の裏手に向かった。

「あれはダン・パルマーの車よ」アガサが叫んだ。「裏道に出ようとはしていない。表側の私道に向かっている」マットは後部座席で手早くライフルに弾をこめた。チャールズの車は猛烈なスピードで迫っていった。マットは窓を下げ、体を乗りだすと慎重に狙いを定めた。まず片方の後部タイヤを、それから残りの後部タイヤを撃った。そしてボルボが門番小屋の門にたどり着いたとき、マットはショットガンで後部の窓を撃ち抜いた。

ボルボはタイヤを鳴らしながら路面を横滑りし、巨大な農業用大型トラックの正面に突っ込んでいった。胸が悪くなるようなガシャン、という音がし、静寂が広がった。

「アガサ、行って、トラックの運転手が無事かどうか見てきて。マット、ショットガンをくれ。弾はこめてあるのか？」

「ああ」

チャールズは自分の車の窓を撃った。「つまり、自己防衛だ」彼は言った。

アガサがトラックの運転手を座席から助け降ろしたとき、二台のパトカーが猛スピードで近づいてきた。ビルがまず降りてきた。

「農場に戻らなくちゃ」アガサは怒鳴った。「トニとサイモンがつかまったの」

「そこで待っていてください。こちらで警官を手配します」

警察は道を通行止めにしていた。犯罪現場班を乗せたバンが停止し、スタッフが降りてくると、白いつなぎを着てマスクをしはじめた。ウィルクス警部も到着した。

「今度は何があったんだ？」彼は苦りきっていた。

「あの人たち死んだの？」アガサはたずねた。

ウィルクスはひしゃげたボルボを見た。「たぶんね。さて、最初から始めよう。まず、ミセス・レーズン」

アガサがしゃべろうとしたとき、一台の車が門番小屋を通り過ぎて停止した。

トニとサイモンが石炭粉で真っ黒になった姿で降りてきて、車の衝突現場を見つめた。

アガサはまっすぐトニのところに走り寄り、ぎゅっと抱きしめた。

「ああ、よかった、無事で」


長い一日だった。供述、供述、また供述。それからアガサ、チャールズ、サイモン、トニ、それに門番は警察署に連れていかれ、さらに聴取された。

農場は捜索されたが、どこにもミセス・サマーとミセス・ビーグルの姿はなかったと聞かされた。マットは自己防衛の話を裏付け、門番がヒーローだったことを自分の供述書に入れたい、とアガサは言った。

夕方には、ウィルクスはメディアに向けて、短い報道発表をした。

ようやく、アガサと残りの人々は解放されて家に帰ることができた。


その後の数週間で、チャーリーとフレッドが死の二ヵ月前にコテージを建設業者に売っていたことがわかった。銀行口座は逃亡の一週間前に空っぽになっていた。アガサが牧師館のトイレで見つけたナイフには、フレッドの指紋がついていて、ナイフに付着した血からは、嫌われ者の亡きジョン・サンデーのＤＮＡも発見された。

行方不明の妻たちの大規模な捜索がおこなわれたが、二人はまるで消えてしまったかのようだった。

「あんなに弱々しい年配女性が、こんなふうに警察から逃げおおせるものなの？」アガサはある晩、友人のミセス・ブロクスビーに嘆いた。

「たぶん、考えているよりも簡単じゃないかしら」ミセス・ブロクスビーは言った。「誰も老婦人には注意を払わない。あの道を走るバスに乗れば、チェルトナムに出られるしね」

「だけど、もちろん警察はバスの運転手たちに聞き込みをしたはずよ」

「運転手には、老婦人はみんな同じように見えたにちがいないわ。彼女たちはパスポートを持っていたの？」

「ええ、つい最近とったみたい。それに、偽のパスポートをとってくれるような相手を知っていそうにも思えないし」

「そうねえ、わたしならこうするわ」ミセス・ブロクスビーは夢見るように言葉を続けた。「年配の人々がたくさん集まる海辺の町について聞いたことがある。だから、そこで何冊かのパスポートをバッグから盗んでおくの。バッグを盗む必要はない。たぶん海辺を見晴らす休憩所にすわって、ちょっとおしゃべりしているときとか、公共トイレに行ったときとか。手を洗っているときに、さらにしゃべりかける。女性は手をハンドドライヤーで乾かすあいだ、たいていバッグを洗面台のところに置きっぱなしにするでしょ。こちらはさっと手を洗って、パスポートを盗って出てくる。でも年配女性なら、お金と鍵があれば、しばらくパスポートがないことに気づかないかもしれない。警察に行っても、忘れっぽい老女だと思われる可能性がある」

「ミセス・ブロクスビー、あなた、とても優秀な犯罪者になれそうね。トニとサイモンは必死で捜し回ってるわ」

「二人はいいコンビになるでしょうね。そのうち婚約すると思う？」

アガサは凍りついた。「若すぎるわ！　ただの同僚よ」

「あら、親密な同僚でしょ！」

「うまくいかないわよ。二人はとても優秀な探偵だし、わたしはトニにまだ結婚して赤ちゃんを産んでほしくないの、まだあの子自身が赤ちゃんみたいだから」

「だけど、ミセス・レーズン」牧師の妻の口調は急にきつくなった。「まさか、芽生えかけたロマンスをつぶすような真似はしないでしょうね？」

「とんでもない。そんなこと考えてもいないわ」アガサは言いながら、背中で指を重ねた（嘘をつくときにする仕草）。

アガサが牧師館を出て家に戻ってくると、ビル・ウォンが待っていた。

「プライベートで来たの？」アガサはたずねた。

「ええ、まあ。ミセス・ブロクスビーのところに行ってたんですか？」

「そう。彼女はいくつか興味深いアイディアを教えてくれたの。猫をどかしてほしい？　二匹ともあなたに巻きついているけど」

「いえ、二匹が好きなので」ホッジはビルの首に巻きつき、ボズウェルは腕に抱かれていた。「でも、その話がとてもおもしろいなら、猫たちは庭に出してきた方がいいかもしれない」

「そうね」

ビルは庭のドアを開けて、二匹を出してやった。

「さて」彼はキッチンのテーブルに戻ってきた。「聞かせてください」

アガサはミセス・ブロクスビーの推理を語って聞かせた。

「不運にも、彼女は当たっているかもしれませんね。それにしてもクリスマスイルミネーションのことで殺人にまで発展したなんて、想像ができますか？」

「ある意味では想像できるわ。リアリティショーに出る人々は一度、脚光を浴びると、二度とそれを忘れられなくなるのよ。ジョン・サンデーはとことん意地悪なやつだったし、人の妨害をして楽しんでいたにちがいない。あのルートのバスは農場を通っていたんでしょ。どうやって聞き込みをしたの？」

「バス発着所で」

「二人の女性の写真は手に入れられた？」

「ええ、〈コッツウォルズ・ライフ〉から。あのルートを運転しているのは、実は一人の運転手だけなんです」

「二人の旅の最初からたどってみたいわ。とりあえず、ミセス・サマーとミセス・ビーグルが姿を消してから数日して、パスポートがなくなったと届け出た年配の女性がいるかどうか、南海岸沿いの警察署に片っ端から電話できる？」

「たぶん、自由時間にやることになるだろうけど」

「パトリックにも頼むわ。二人は〈コッツウォルズ・ライフ〉の記事で写真を撮るときはすごく着飾っていたでしょ。あの嫌な村までちょっと行って、もっといい写真を手に入れてくるわ」


ペネロペ・ティムソンはアガサを用心深く出迎えた。

「すべて終わって本当にうれしいわ」彼女は言った。「次の殺人事件の件で来たんじやないといいんですけど」

「いえ、ちがいますよ」アガサは安心させた。「そんなことじゃないの。ミセス・サマーとミセス・ビーグルの写真をお持ちですか?」

「警察が〈コッツウォルズ・ライフ〉のとてもいい写真を持っていったわ」

「ええ、でも、もっとふだんの写真がほしいんです」

「あら、手元に何かあるかも。村のお祭りで撮られた写真がひと箱あるわ。だけど、あなたも何かお持ちのはずよ、ミセス・レーズン。あのクリームティーの会場で誰かが写真を撮ってたでしょ?」

「そうだった。フィルが撮っていたわ。ありがとう」

アガサはフィルに電話して、カースリーの彼のコテージに行くと伝えた。そこに彼は暗室を持っていて、写真をきちんとファイルに整理していた。

アガサはフィルがお茶会の写真を捜しに行っているあいだ辛抱強く待っていた。ようやく彼は戻ってきて、写真を渡した。「これです」

「ばっちりよ!」アガサは言った。それは並んですわっているミセス・ビーグルとミセス・サマーの鮮明な写真だった。「ファーストネームは何だったかしら? 思い出せない」

「写真の裏に書いてあります。グラディス・サマーとドーラ・ビーグル」

「上出来よ」

「また調べるんですか？」

「そうなの」


トニはバスが入ってくるのをチェルトナムのバス発着所で待っていた。バスが来ると、彼女は乗客が降りるのを待って乗りこんだ。

「あと三十分は出発しないよ、美人さん」運転手は言って、彼女をうっとりと眺めた。

「お茶でも一杯どう？」

「けっこうです。いくつかたずねたいことがあって」

「何？」

「あたしは私立探偵なんです」

「冗談だろ。若すぎるよ」

トニは名刺を渡した。「ほう、たまげたね！」運転手は叫んだ。「じゃあ、こっちに来な。お茶を一杯飲もう」

社員食堂のミルク入りのお茶を飲みながら、トニは写真を見せた。

「警察が以前にも訊きにきたことは知っていますけど、あの車とトラックがぶつかった日、事故の直前かな、こういう二人の女性がバスに乗りませんでした？　こっちの方がよく撮れているんですけど」

彼はまじまじと写真を見た。「悪いね、お嬢ちゃん。役に立ちたいんだけど、そういう女性たちは一人も乗らなかった」

「乗客にはよく注意を払ってますか？」

「あんたみたいにきれいな人のときだけだな。もちろん、イスラム教徒の服装だったら、どんな顔かわからないけど」

「ブルカをかぶってた？」

「そう呼ばれてるのかい？　たぶん、それだ」

トニは深呼吸した。「慎重に考えてください。ブルカを、ほら、ベールみたいなものですね、それをかぶった二人の女性が、あの日バスに乗りましたか？」

「実は乗った」

「どのぐらいの身長でした？」

「とても小柄だった。それ以外はよくわからない」

「どこで降りました？」

「鉄道駅だ」

「ありがとう」トニは言った。

トニがアガサに発見したことを伝えると、アガサは言った。

「たぶんまっすぐユーロスターに乗って、ブリュッセルかパリに着いたのよ。セントパンクラス駅の税関に連絡が行く前に。二人組のイスラム教徒の女性には誰も注意を払わないでしょう。人種差別だと言われかねないから。最低最悪！　今頃、どこにいてもおかしくないわ」

12

クリスマスがどんどん近づいていた。ジョン・サンデーとダン・パルマーの殺人事件に関連した書類の山に、ついに新しい報告書がつけ加えられることはなくなった。

ある晩ビル・ウォンがアガサを訪ねてきて、この事件はとうとう解決しそうもない、と報告した。門番は装填《そうてん》した武器を持ち歩き、逃走車両のタイヤを撃ち抜いて衝突を引き起こした罪を問われずにすんだ。アガサがＰＲのスキルを総動員して、門番はヒーローだと思わせたことが非常に役に立った。

「今年のクリスマスはどういう予定ですか？」ビルはたずねた。

「何も」アガサの答えはきっぱりしていた。「ロイを招く以外は。ありがたいことに彼は完全に回復したわ。事件はもう幕引き？　ミセス・ビーグルとミセス・サマーの行方はどうなったの？」

「インターポールはまだ二人を捜しています。だけど、何も新しい知らせはないですね。ねえ、アガサ、ぼくはもう二度と彼女たちを見つけられないと思っています」

ジェームズ・レイシーはフランスのマルセイユで地中海沿いを運転していた。その晩は、アグド近くのサン・シャルル＝シュール＝クロールの村に泊まる予定だった。旅に付近には、イギリスを捨てた人々が住む小さなコミュニティがあるらしかった。旅に疲れていたので、その晩は〈サン・シャルル〉というこぢんまりしたホテルを予約した。フロント係はポンドが下がっているので、イギリス人は生活が苦しくなっている、と話した。家を売って故国に帰ることを考えている人もいるようだった。

「毎年、ホテルでクリスマスパーティーをしていたんです。でも、今年はその余裕がないみたいで」フロントの女性は言った。

ジェームズは部屋に行き、その晩に必要なものだけスーツケースから取り出すと、バーに下りていった。バーには数組のイギリス人カップルがいて、ハウスワインを飲みながら、物価の高さを嘆いていた。ジェームズはウィスキーを注文し、静かな隅にグラスを持っていって、ローマ人の要塞についての本を読みはじめた。

しばらくすると、バーの話し声が下がっているポンド以外のことで大きくなっているのに気づいた。「あれは電気のむだ遣いだけじゃないわ」人工日焼けをしたやせたブロンド女性がけなした。「醜悪よ。まったくの期待はずれ。フランス人についていろいろ批判されているけど、少なくともあの人たちより趣味はいいわ」

「そこらじゅうが豆電球だらけなんだ」彼女の連れが言った。ブレザーとフランネルのズボン姿の赤ら顔の男だ。「庭のやぶまでね。さらに、何でも屋のデュヴァルを使ってサンタを煙突にとりつけさせた。しかも年寄りだけなんだよ。孫がいるわけでもないのにな」

ジェームズはゆっくりと本を置いた。ジョン・サンデーの殺人事件については新聞とテレビで追っていた。立ち上がるとバーに行った。

「よかったら、みなさんに一杯おごらせてもらえますか？」彼は声をかけた。

全員が笑顔になった。飲み物はたちまちワインから強い酒に変わった。

「さっきのお話がつい耳に入りましてね」ジェームズは言った。「誰かが非常識な真似をしているんですか？」

「村のすぐ外に住む年配女性二人なんです」赤ら顔の男が説明した。「趣味の悪いアメリカ人みたいに、そこらじゅうに豆電球を飾っているんですよ」

「おもしろそうだ。ぜひ見てみたいですね」ジェームズは言った。「どこなんです？車で行った方がいいかな？」

「その必要はないわ。ホテルのドアを出て左に曲がり、まっすぐ八百メートルぐらい歩けばいいの。見逃しっこないわよ。みっともないコテージのライトが空をまばゆく照らしているから」

ジェームズはすぐに出かけていった。村の古い家々の曲がった煙突を見下ろす高い空に、小さな月がかかっている。穏やかな晴れた夜だった。村の最後の家を通り過ぎると、前方の空が輝いているのが見え、足を速めた。とうとうめざすコテージに着いた。クリスマスイルミネーションがこれでもかというほど大量に飾られ、実に野暮ったかった。庭にもスポットライトが設置され、煙突につかまってにやついているサンタを照らしだしている。

ジェームズは小道を歩いていき、ドアをノックした。

「どなた？」二階の窓から声がした。

ジェームズは二、三歩戻って、見上げた。カーテンの陰に半ば隠れた年配女性の姿しか見分けられなかった。

「お宅のイルミネーションに感心したものですから」彼は言った。

「帰って」女はしゃがれた声で言った。「とっとと帰っておくれ」

ジェームズは考えこみながらホテルに戻った。

殺人犯の妻たちは行方不明になっていた。二組の夫妻はクリスマスイルミネーションで有名で、自分たちのディスプレイに対するプライドが殺人を引き起こした。びっくりするような偶然で、自分は犯人を見つけたのだろうか？

ジェームズはバーのイギリス人たちに合流し、またお代わりをごちそうして喜ばせた。

「あの二人の老婦人はいつこっちにやって来たんですか？」ジェームズはたずねた。

赤ら顔の男はアーチー・フランクで、妻はフィオーナだと自己紹介した。残りの人々も名前を教えてくれたが、ジェームズはすぐにすべて忘れてしまった。コテージの所有者について知ることに夢中になっていたからだ。

「ふた月ぐらい前かな」アーチーは言った。「一度も会っていないがね。地元の女の子に買い物を頼んで、ひきこもって暮らしているんです」

ジェームズは少し雑談してから部屋に戻った。アガサに電話して、謎の二人組とそのイルミネーションについて報告した。

「そっちに行くわ」アガサは言った。「写真を持っていく」

「はるばる来る必要はないよ、成果はないかもしれないんだし。写真をメールで送ってくれ」

「行くわよ」アガサは怒鳴った。「トニを連れていく。ホテルに部屋を予約しておいて。それから、その村の名前と行き方を教えて」

アガサはミルセスターでトニを拾うと、バーミンガム空港に行き、そこからパリ行きの飛行機に乗った。それからマルセイユまで飛行機で移動し、車を借りた。トニが運転をし、海岸沿いに走ってサン・シャルル＝シュール＝クロールの村をめざした。

ジェームズは外で彼女たちを待っていた。「わざわざ来るまでもなかったよ」彼は二人の疲れきった顔を見て言った。

「最後まで見届けたいの」アガサは言った。「二人のよく撮れている写真を持ってきたわ」

「いちばんいい方法は」とジェームズが言った。「買い物をしている村の女の子の名前を調べて、その写真を見せることだ。地元の店で訊いてみよう。荷物を置いて、少し休憩したらどう？」

「じゃ、数分だけ」アガサは言った。

地元の商店に行くと、ジェームズは流暢《りゅうちょう》なフランス語で、クリスマスイルミネーシヨンを飾っているコテージの買い物をしている女の子の名前を知らないか、とたずねた。

「おれの姪だよ」男が言った。「ミッシェル！」彼は叫んだ。

やせて小柄で髪の毛が薄いティーンエイジャーが、店の奥から出てきた。ジェームズはミセス・ビーグルとミセス・サマーの写真を見せた。

「このどちらかの女性に食料を運んでいるんじゃないかな？」

「ううん」彼女は言った。

「この人たちは見たことがない？」

「ない」

「絶対まちがいない？」

「伯父ちゃん、この人たち、あたしを嘘つきだって言うんだよ」

「出ていってくれ」伯父は言った。「胸くそ悪いイギリス人め」


「どういうことだったの？」外に出るとアガサはたずねた。

「あの子は二人を見たことがないと言い張り、嘘つき呼ばわりされた、と伯父に訴えた。彼は出ていけと言った。申し訳ない、はるばる来たのに、むだ足だったみたいだ」

「あの女の子はそわそわしていました」トニが言った。「あたし、二人の写真をさんざん見たので、会えばすぐにわかります。暗くなってから一人で出かけていって、見張ってみますか？　ねえ、もし居所を誰にも知られたくなくて、ああいう女の子に買い物を頼んでいるんなら、たぶん質問には一切答えないようにお金を払っているんですよ」

「試してみる価値はあるわね」アガサは疲れた声で言った。「わたしはくたくたよ。少しお昼寝でもするわ」

その晩、三人はバーで集まった。ジェームズはバーの椅子にもたれているイギリス人たちに手を振ったが、手招きされると首を振った。

「出発します」トニは言った。「何かわかったら電話します」

トニは黒いセーターと黒いジーンズを身につけていた。黒い毛糸の帽子をかぶり、歩きはじめた。

あやうくコテージを通り過ぎるところだった。すべてのライトが消されていたからだ。空高く昇った月の光で、サンタが煙突にしがみついているのだけがかろうじて見分けられた。

家の横にはガレージがあった。トニが見ていると、年配の人影がドアを開け、車に乗りこんだ。トニは懐中電灯を取り出し、その女性を照らした。ミセス・ビーグルだった。車は勢いよく発進し、あわや彼女を撥《は》ねそうになりながら、道を猛スピードで走り去った。

トニはアガサに電話して、叫んだ。

「二人です！　車に乗ってます――逃げるつもりです。こっちに来て、あたしを拾ってください」

あっという間に、ジェームズがアガサを助手席に乗せて到着した。

「どっちだ？」彼はトニが後部座席に飛び乗ると叫んだ。

「左」

「アグドへの道だ。つかまって」

ジェームズはアクセルを踏みこみ、猛スピードで運転しはじめた。カーブではタイヤをきしらせ、静かな村の砂利敷きの道をザクザク派手な音を立てながら疾走し、アグドに向かった。「どんな車だった、トニ？」

「赤いプジョーです。ナンバーは見えませんでした」

「そのトラックの前にいる」ジェームズはトラックを追い越した。前のプジョーはアグドに入ると、海に延びているとても長い突堤に向かった。

プジョーは危険なほどのスピードで走り続け、ジェームズがブレーキを踏んだとき、ぞっとしながら見守る彼らの目の前で突堤の先端から海にダイブした。

「まさに映画のテルマとルイーズですね」トニが怯えた声で言った。「しかも、クリスマスのイルミネーションのせいで」

二人の警官と町の人々が走ってきた。

「これから、取り調べが始まるようだ」ジェームズは言った。

その夜、三人は留置場に閉じこめられ、翌日、繰り返し聴取され、無謀運転と、二人の老婦人を怯えさせ死に至らしめたことで非難された。やっとのことで、ジェームズは警官にインターポールと連絡をとるように説得することができた。

さらにマルセイユから刑事たちがやって来て、また一から質問を始めた。

ようやく三人はホテルに戻ることを許可された。アガサはバッグから手鏡を取り出し、惨憺《さんたん》たる有様の顔を茫然として眺めた。疲労で赤くなった目の下はたるみ、上唇には二本の産毛が生えている。

横目でジェームズを窺った。日に焼けた顔に青い目をした彼は相変わらずハンサムで、豊かな黒髪はこめかみにわずかに白いものが交じるだけだ。

どうして女性は五十代になると、外見の劣化とウエストが太くなることを相手に、長い長い闘いを開始することになるのだろう？　かたや男性はおなかが出ない限り、どうして優雅に年を取っていけるのだろう？

トニも疲れて見え浮浪児みたいだったが、きれいだった。

アガサがバッグを開けて口紅を塗ろうとしたとき、車がホテルに通じる道の砂利で跳ね、鼻の下に赤い染みができてしまった。

メディアがホテルの外で待っていて、カメラを構えている。

「そのまま走り過ぎて」アガサは叫んだ。

ジェームズはそれに従ってから、たずねた。「どうしたんだ？」

「口紅で顔が汚れちゃったの。メイクを直せる場所を探してちょうだい」

「アガサ、馬鹿なことを言わないでくれ。みんな疲れ果てていて――」

「彼女の言うとおりにして！」トニがアガサの味方をした。

ジェームズは農場の小道に乗り入れると、アガサがウェットティッシュでメイクを落とし、改めてていねいにファンデーションとアイライナーと口紅を塗るあいだ、むっつりと黙りこんでいた。

ホテルに戻ると、三人はカメラの前で少しだけポーズをとってからホテルの中に避難した。


イギリスでは、アガサのフランスでの冒険に、三人の人間がそれぞれ異なる反応を示していた。サイモンはうらやましくてならなかった。トニといっしょに現地にいたかった。ロイ・シルバーは自分も冒険に参加させてくれてもよかったのに、と少しだけ思った。すごいPRになったのに！　チャールズ・フレイスは考えこんでいた。

彼は気がつくとアガサのことをしょっちゅう考えるようになっていた。ゆうべはかわいい女性をディナーに連れていったが、彼女との会話に退屈してしまった。だが、アガサは決して退屈しなかった。頭にくるし、無作法だし、押しつけがましい。でも、決して退屈することはない。

客間に入っていくと、叔母が強烈な色合いの紫のセーターを編んでいた。

チャールズは叔母の隣にすわった。「アガサ・レーズンを覚えてますか？」

「忘れるはずがありませんよ」叔母は言った。「しじゅう、新聞に出ていますからね」

「彼女がここで暮らすことについて、どう思います？」

「冗談でしょう、チャールズ。このあいだの結婚で懲りたんじゃないの？　おまけに彼女は年上で、子どもも産めないのよ」

「ここで暮らして成り行きを見てみようって、彼女に提案しようかと考えていたんです」チャールズは打ち明けた。

「彼女が地所のあれこれに口を出さなければいいけど。でも、あの人はうまくやっていけるの？　つまり、あなたの友人たちと？　それに、グスタフはどう言うかしら？」

グスタフはチャールズの従者で、いわば攻撃的なスイス人ジーヴス（P・G・ウッドハウスの作品に登場する有能な従者）みたいな存在だった。

「グスタフはそのことに慣れるしかないだろうね」

ドアの外で聞き耳を立てていたグスタフは、すでにアガサを追い払う方法をいくつか考えていた。前々から彼女のことは大嫌いだった。グスタフはスノッブだったのだ。アガサ・レーズンのような人間を描写するのに「庶民」という言葉は手ぬるすぎる。グスタフはそう信じていた。

アガサがフランスからすぐに帰ってきたら、チャールズはその考えを捨てていたかもしれない。しかし、フランスの司法制度には時間がかかる厄介な手続きがあり、何週間も過ぎていくあいだ、チャールズはアガサと二人で共有したお楽しみや冒険のことばかり考えていた。

ときどきアガサに電話したが、携帯電話はいつも電源が切られていたし、ホテルにかけても、ミセス・レーズンとミスター・レイシーとミス・ギルモアは電話をお受けしません、と言うばかりだった。アガサはマルセイユまで行って新しい携帯電話を買い、それを探偵事務所との連絡に使っていた。どういう手を使ったのか、メディアは彼女の前の携帯番号を調べだしたのだ。宣伝から逃げたいと思う日が来ようとは思ってもみなかった。しかし、一連の写真はありとあらゆる皺を目立たせていて、もう二度とインタビューは受けたくないという気持ちになっていた。おまけにインフルエンザに感染したので、外出できなくなった。アガサはホテルの部屋のベッドに寝ながら、このまま死ぬのかもしれないと考えていた。

とうとう事件への関心が薄れた頃、アガサも回復し、三人はイギリスに帰っていいと言われた。だがジェームズはこのままフランスの旅を続け、旅行本のためにいくつか記事を書くつもりだと言いだしたので、アガサは少しがっかりした。

インフルエンザに倒れる直前に、ジェームズとまた親密な関係になりかけている、と感じた。昔のように彼に執着することは馬鹿げている、と自分をいさめつつも、執着が生まれかけている気がしていた。だが病に倒れると、ジェームズは部屋のドアの外から「気分はどうだ」とときどき声をかけてくれるだけだった。

バーミンガム空港に着くと、駐車料金が信じられないほど高額になっていることを知った。支払いながら声をひそめて悪態をつき、まずミルセスターに行ってトニを降ろし、それからカースリーに向かった。

地球温暖化なんて冗談でしょ、とアガサは思った。細かい雪が降りはじめ、カースリーに向かうあいだじゅう、フロントウィンドウの前でひっきりなしに雪片が踊っていたからだ。

安堵の吐息をつきながら、アガサはコテージに入った。猫たちはいなかった。もちろん掃除婦の家にいるのだ。二階に行き、荷物をほどき、ゆったりした部屋着に着替えると階下に行きコーヒーを淹れた。

煙草をつけたとたん、むせて咳き込んだ。もう禁煙しなくちゃ。ぞっとする咳だった。咳が出たら禁煙する、とずっと誓ってきた。それでも、ともかく煙草を吸い終え、濃いブラックコーヒーを飲んだ。

ドアベルが鳴った。玄関に行き、叫んだ。「どなた?」

「ミセス・ブロクスビーよ」

アガサは勢いよくドアを開けた。「また会えてとってもうれしいわ」

「あなたが家に帰ってきたのを見かけたという噂を聞いて、夕食にキャセロールをお持ちしたの。オーブンで温めるだけよ」

「入って。本当にご親切に！」

「どんな冒険をしていたの？」牧師の妻はたずねた。「それに、あんな残酷な殺人がクリスマスのイルミネーションが原因で起きるなんて、本当に不思議だわ。ジャイルズ・ティムソンはクリスマスにとても熱のこもったお説教をして、オドリー・クルーシスの村人たちに世俗的なことをいさめ、クリスマスは宗教的な祝祭なのだと強調したのよ。それからサンタ・クロースは存在しないって言ったものだから、村人たちは激怒し、新聞では子どもたちの夢を壊す悪人と書かれた。そうそう、ミセス・ティムソンは夫を捨てたのよ」

「本当に？　なぜ？」

「あなたが出発してすぐ、彼女の車がミルセスターの郊外で故障したの。いちばん近い修理工場に電話して修理を待っているあいだ、工場の経営者のジョー・パロックという男性と話をして親しくなったの。その場でお互いに一目惚れだったみたいね。彼は奥さんを亡くしていたの。ミセス・ティムソンは外見ががらりと変わったわよ。今はブロンドに染めて、日焼けをして、足首が折れそうなピンヒールをはいているけど、とても幸せそう。二人はクリスマスにモルディヴに行ったんですって。あなたは気の毒だったわね。クリスマスどころじゃなかったんでしょ」

「サンタが煙突を下りてきて、わたしにインフルエンザをプレゼントしてくれたわ」

「ミスター・レイシーはクリスマスに何をくれたの？」

「何も」

「変わり者よね。あなたは何かあげたの？」

「いえ、何も。なぜかどこかでクリスマスをなくしちゃったみたい。すべてが幻みたいに感じられるわ。ミセス・サマーとミセス・ビーグルがまっすぐ海に突っ込んでいく光景は、絶対に忘れられないでしょうね。ジェームズがたまたまあの村を訪ねなかったら、二人はずっと発見されなかったかも」

「いずれ見つかったと思うわ。遅かれ早かれ地元の新聞がコテージの写真を撮り、インターポールの頭の切れる捜査官が現地に現れたわよ。ジョン・サンデーがコテージの飾りつけを禁止したせいで殺された事件は、世界中に広まっているもの。それにしても、本当に妙よね。去年のクリスマスにはイルミネーションはもう流行遅れだとみなされるようになったから、飾りつけをしたら変わり者だと思われるんじゃないかって、みんな戦々恐々としていたのよ」

「シェリーをいかが?」

「ええ、いただくわ」

「わたしはジントニックにするわ」アガサは飲み物を作って運んできた。

「サー・チャールズがあなたから連絡があったかって、頻繁に電話してきたわよ」

「たぶん、事件解決の場にいたかったんでしょ」


チャールズは亡き祖母の指輪を銀行からとってきて、アガサにプレゼントすることにした。まあ、正式にプロポーズするわけではないが、いっしょに住もうと提案する前に、真剣だということを示したかったからだ。

チャールズがサファイアとダイヤモンドの指輪を眺めていると、グスタフが書斎に入ってきた。「どなたに?」グスタフはたずねた。

「おまえには関係ないだろ。ハイボールを持ってきてくれ」

グスタフは計画を立てはじめた。父親は宝石商でもあったが、時計とオルゴールの職人でもあった。グスタフは父の下で仕事をしていたが、父が亡くなると商売を売り、海外をさまよい、最後にチャールズの従者となり、屋敷の管理を一手にとりしきっていた。彼は自分の人生を気に入っていた。これまでに二度ひどい結婚から逃げたので、女性全般を憎んでいたし、アガサ・レーズンはとりわけ嫌いだった。余暇の時間すべてを計画のために費やした。

チャールズはミセス・ブロクスビーに電話して、驚いたことに一週間前にアガサが戻っていることを知った。そこでオフィスのアガサに電話して、その晩、レストランでのディナーに招待した。

「誰が払うの？」アガサは疑わしげにたずねた。

「わたしだよ、スイートハート。冒険について洗いざらい聞きたいんだ」

「その話をするのは少し飽きちゃった。でも、いいわ。お店に行くわね。何時？」

「八時で」

ダイニングルームで待っているあいだ、チャールズはかなり不安になっていた。だがアガサがこう言いながら入ってきたのでほっとした。

「おなかがぺこぺこよ。あらまあ！　シャンパンが冷やしてある。何のお祝い？」

「きみが戻ったこと」

「なんてやさしいの」

しかし、チャールズは何か口実を設けて自分に勘定を払わせるつもりだろう、とアガサは疑っていた。

食事をしながらアガサは冒険について語った。話し終えると、チャールズはたずねた。「今、ジェームズについてどう感じているんだい？」

「わからない」アガサは率直に答えた。「彼とあまりいっしょに過ごさなかったから。相変わらずのジェームズだったしね、わたしの言う意味わかるでしょ」

コーヒーが運ばれてきた。

チャールズはポケットを探り、赤いモロッコ革の箱を取り出した。

「きみへのプレゼントだ」

「まあ、チャールズ」

アガサは満面の笑みを浮かべた。他の食事客たちは振り向いて二人の方を見ている。

「開けてみて！」チャールズが言った。

アガサは蓋を持ち上げた。金色のワイヤーの先についた小さなブタの顔がポンと飛び出してきて、小さな機械的な声が叫んだ。「ブスな女！　ブスな女！」

アガサはコーヒーをチャールズの顔にぶちまけると、ダイニングルームを飛び出した。食事客の笑い声が耳にこびりついた。

涙が流れないように必死にまばたきしながらカースリーに車を走らせ、そのまま牧師館に行った。牧師のアルフがドアを開けた。「なんですか、ミセス・レーズン、もう寝ようとしているんですよ」

「どうしたの？」ミセス・ブロクスビーが牧師の背後に現れた。「どいてちょうだい、アルフ」彼女はぴしゃりと言った。「彼女が苦しんでいることがわからないの？」

牧師は足音も荒く歩き去り、ミセス・ブロクスビーはやさしくアガサをリビングに連れていき、ソファにすわらせた。隣にすわってアガサの肩を抱くと、アガサは激しく泣きだした。

ようやく落ち着くと、アガサはチャールズとのディナーのことと、残酷なブタの顔と食事客の笑い声について語った。

「いえいえ、ちがう！」ミセス・ブロクスビーはきっぱりと言った。「まったくサー・チャールズらしくないわ。考えさせて。もしかしたら彼はあなたに指輪をあげるつもりだったんじゃないかしら。ああ、グスタフね！」

「グスタフがどうかしたの？」

「サー・チャールズのお屋敷でのお祭りで、グスタフと話したことがあるの。宝石商の家で育ったことをあれこれ話してくれた。チャールズに電話するべきよ」

「いやよ、絶対にしない」

「じゃあ、わたしが電話する。あなたがサー・チャールズを信じてなくても、わたしは信じるわ」

ミセス・ブロクスビーは書斎に入っていってドアを閉めた。

「グスタフのせいだったんだ」チャールズは苦々しげに言った。「アガサに祖母の指輪をあげて、いっしょに住もうと提案するつもりだった」

「つまり、結婚？」

「それはちょっと気が早い。ただ、いっしょに暮らせば楽しいと思って。グスタフはクビにしたよ」

ミセス・ブロクスビーはため息をついた。

「彼を雇い直して。あなた、まともに考えられなくなっているのね。自分で地所を管理していると思っているかもしれないけど、実際はグスタフが何もかもやっているのよ。彼はかけがえのない人間だわ。忙しい仕事をしているミセス・レーズンが、狩猟パーティーを仕切れると思う？　どういう心境の変化なの？　彼女に恋をしているの？」

「わからない。これまで誰にも恋をしたことがないから。どうしたらいいんだろう？」

「これからミセス・レーズンを家に帰すわ。すぐにカースリーに来て、本物の指輪をあげてちょうだい。ただ、クリスマスのプレゼントだって言ってね」

ミセス・ブロクスビーはアガサのところに戻ってきた。

「すぐ家に帰って、ミセス・レーズン。グスタフがひどいいたずらを仕掛けたの。チャールズはおばあさまの指輪をあなたにあげるつもりだったのよ」

「つまり、わたしと結婚したいってこと？」

「いえ、ただのプレゼントよ」

「グスタフを殺してやる」

「今夜はやめておいて。とにかく家に帰って」

コテージの外でトニが待っていた。「あなたを捜していたんです」トニは言った。「今夜、友だちのお母さんがレストランにいたら、あなたが『ブスな女』って叫ぶ、悪趣味なびっくり箱の指輪を男性からもらったって聞いたものですから」

「それはグスタフがチャールズにいたずらを仕掛けたの。入って。チャールズはこっちに向かっているところだけど、婚約とかじゃなくて、ただのプレゼントなの。あなたも残って本物の指輪を見ていって」

「グスタフは前から変なやつだって思ってました。無作法ですよ。チャールズがどうして彼を雇っているのかわかりません」

「彼は敷地の管理をしているし、チャールズは怠け者だもの」外で車のドアがバタンと閉まる音がした。

「チャールズが来たわ」

「本当にあたしは帰らなくていいんですか?」

「問題ないわ。ロマンスを邪魔しているわけじゃないから」

チャールズが入ってきた。

「とんでもない騒ぎになった」彼は力なく言った。「本当にすまなかった。クリスマスにあんなひどい目に遭ったから、ちょっとしたものを贈りたかったんだ。グスタフは、わたしが銀行から指輪を出してきたのを知って、きみに結婚を申し込むと思ったんだ」

「それにしても、あれほどショックなことってなかったわ」アガサは恨みがましく言った。

「ねえ、アギー。どうかこれを受けとってくれ」

アガサはふいに笑顔になった。「ひとつ条件があるわ」

「何だい？」

「ひざまずいて、永遠の愛を誓ってちょうだい」

チャールズは声をあげて笑った。「何でもやるとも」


ジェームズ・レイシーはカースリーに車で戻ってきた。アガサのコテージに明かりがついているのが見えた、妙なことに、彼女とまた仕事ができてわくわくした。ちょっとのぞいて挨拶して、明日の夜のディナーに誘ってみよう。


ドアベルが鳴った。「あたしが出ます」トニが言った。

「たぶんミセス・ブロクスビーよ」アガサは言った。「さあ、チャールズ、ひざまずいて」

ジェームズ・レイシーはキッチンの入り口に立った。チャールズがアガサの前にひざまずいていた。彼は箱を取り出し、それを開けて、きらきらする指輪を差し出した。

「愛する人、わたしのものになってほしい。永遠の愛を誓う」

「まあ、チャールズ。ずいぶん突然ね」アガサは言った。

二人とも玄関ドアが大きな音を立てて閉まる音を聞いた。コテージ全体が揺れそうなほどの勢いだった。

「いったいあれは誰だったんだ?」チャールズが立ち上がった。

「ジェームズ・レイシーです」トニが言った。

「隣に走っていって説明してくるよ」チャールズが言った。

アガサはジェームズがあの頭の鈍い女の子とあわや結婚しかけたことを考えた。それも、彼女がきれいだからという理由だけで。あのときの痛みと苦悩がまざまざと甦った。

アガサはチャールズの袖をつかんだ。「行かないで。彼には何も言わないで」

「その方がいいのかい?」

「ええ、そうよ。ぜひともそうしてほしいの」

エピローグ

サイモンはアガサに次々に仕事を命じられ、猛烈に忙しい日々を過ごしていた。ときにはわざと忙しくさせているのでは、と感じるほどだった。二度チケットを買ってトニと映画に行こうとしたが、そのたびにアガサに離婚案件を割り振られ、ほぼ毎晩、不貞をしている配偶者を尾行して過ごさねばならなかった。

ある週、トニが短い休暇をとってサウサンプトンの母親を訪ねると、サイモンはふいに自分の仕事量がぐんと減ったことに気づいた。それまでは週末もアガサは仕事を言いつけてきたのだ。

彼はメイ・ディンウッディを訪ねることにした。彼女のことは好きだったし、生活が苦しいことを知っていたからだ。

メイは彼を歓迎してくれた。大きな段ボール箱一杯の食料品とワイン二本をおみやげに持っていったせいもあるだろう。

「本当に親切にありがとう」メイは言った。

「探偵をしていたことを許してくれますか？」サイモンはたずねた。

「ええ、もちろん。ミセス・レーズンの探偵事務所がなければ、村人たちは絶対にお互いを疑うようになっていたもの」

「本当に村の誰も、あの老人たちを疑っていなかったんですか？」

「ああ、当然、あの人たちは何か知っているって言ってたけどね」

「だのに、なぜ警察に行かなかったんですか？」

「あのできごとの後、あの人たちは狡猾になっていたから。このすてきな村で、殺人者をかばう人なんている？」

大勢いるだろうね、たぶん、とサイモンは思った。だが、こうたずねた。

「暮らしはどうですか？」

彼女の目に涙があふれた。「このすてきな部屋を売らなくちゃいけないみたい。おもちゃからの収入はとても少ないし、もう生活していけそうもないから」

「そういえば、あなたのおもちゃをちゃんと見ていなかった。見せてもらってもいいですか？」

「お望みなら。作業場の方に来て」

サイモンは彼女の後をついていくと、長い指でおもちゃに触れてみた。おもちゃはとても美しく作られていた。

「人形はすべて自然のもので作っているの」彼女は言った。「頭は木で、服は自然の材料で手作りしたんだよ」

「どれも、とても美しいですね」サイモンは意見を言った。

「だけど、スーパーでは安物のプラスチック製品を売ってるからねえ。競争にならないの」

サイモンはおもちゃを見下ろした。アガサはすご腕のPR担当者だった。彼女なら何かできないだろうか？

「ちょっとアイディアを思いつきました。期待外れになると困るので、またしばらくして電話します」


アガサがドアを開けると、サイモンが立っていた。「どうぞ」彼の顔を見て、ちょっとうしろめたくなった。彼とトニの芽生えかけたロマンスをつぶすために、さまざまな手を使っていることは自覚していた。

「何かあったの？」アガサはたずねた。「それともただのご機嫌伺い？」

キッチンでテーブルにつくと、サイモンはメイ・ディンウッディについて話し、

「元PRの天才なので、あなたなら何か考えつくんじゃないかと思ったんです」と言った。

アガサはじっとサイモンを見つめた。あまり長いこと見つめられるので、サイモンは居心地が悪くなってきた。

とうとう彼女は言葉を発した。「そうね、わたしなら彼女を成功させることができる。彼女に店を貸して、宣伝もできる。だけど、代わりにあなたにあることを頼みたいの」

「何ですか？」

「トニはまだとても若いわ。あなたもね。わたしの事務所の最高の探偵に仕事を辞めて結婚して、こんなに若くして子どもを持ってほしくないのよ」

サイモンは顔が真っ赤になった。「邪魔する権利なんてないでしょう」

「わたしは事務所を守ろうと決心しているの。三年たったら、許可を与えるわ。それまでは彼女に近づかないでほしい。彼女に恋をしているの？」

「いえ、でもそれに近いかも」

「じゃあ、簡単でしょ。ブレーキをかけて。そうすればメイ・ディンウッディは余裕のある老後を送れるでしょう」

サイモンはメイの涙ぐんだ目のことを思った。それから肩をすくめた。「わかりました。でも、三年だけですよ」

〈アリスト・トーイ〉の登場は、ミルセスターの静かな市場町にセンセーションを巻き起こした。チルドレン・オブ・ニューエイジという有名なポップスバンドが店の外の舞台で演奏をした。テレビドラマの探偵バスター・ケンプが上等で安全なおもちゃを子どもに買うことは大切だ、そういう品なら、何世代にもわたって継承していくことができる、とスピーチした。

「ちょっと考えてみてください」彼は人形を持ち上げた。「お孫さんの一人がこれを後に〈アンティーク・ロードショー〉（骨董品鑑定をするテレビ番組）で見せるかもしれないんですよ」

さらに市長がテープを切り、開店を宣言した。メイはきちんとしたスーツを着て髪をプロの手でセットしてもらい、両側に二人のアシスタントを従えていた。

アガサがどうしても、と主張した驚くほど高い値段にもかかわらず人々がお金を払ってくれることが、メイには信じられなかった。彼女のおもちゃは「マストハブ」になったのだ。

「ありがとう」サイモンは長い一日が終わると、アガサにお礼を言った。「今後どうやって品物を補充していくんですか？」

「郊外に小さな工場を借りてあるの。メイをそこに三ヵ月送りこんで、従業員を訓練させた。中年と高齢の労働者をうまく利用できれば、驚くような才能を発見できるのよ。メイに訊くのを忘れていたわ――キャリー・ブラザーの犬は本当に毒を盛られたの？」

「結局、獣医に老齢と食べすぎで死んだと言われたようです。キャリーは彼を信じてませんが。今は猫に夢中になってます」

サイモンが店を出ようとすると、トニが追いついてきた。「一杯飲みに行かない？」

「悪いけど、トニ、約束があるんだ」

「そう、楽しんできて」トニは背を向けて歩き去った。

サイモンは小さく毒づいた。事務所を辞めれば彼女を自由に誘える。しかし、この仕事を愛していた。なんとかしてアガサ・レーズンにたっぷり恩を売ることができれば、約束を見直してくれるかもしれない。

ジェームズ・レイシーは〈タイムズ〉の婚約欄を熱心に調べたが、アガサとチャールズの婚約発表は見つけられなかった。あのキッチンでの光景を見た後、すぐにまた旅に出てしまったのだ。

しかし、なぜそれほど気にするのだろう？　アガサとの離婚は自分の方から言いだしたのだ。それになぜ世界がとてもむなしい場所に感じられるようになったのだろう？

訳者あとがき

〈英国ちいさな村の謎〉シリーズ二十一作目『アガサ・レーズンと告げ口男の死』をお届けします。冒頭からアガサはなんだか元気がありません。ジェームズへの執着は消えたものの、あこがれのディケンズ風クリスマスを過ごしたいという強迫観念のようなものとは、まだ手が切れていないようです。というわけで、クリスマスから遠ざかり、地中海にあるコルシカ島に行くことにします。ガイドブックによれば冬でも温暖だというし、イギリスのクリスマスの定番であるターキーではなく、ロブスターを食べたいと思ったからです。しかし、閑散とした町にはおいしいレストランはなく、天候は悪く、もう、うんざり！　コルシカ島でのクリスマスに泣く泣く見切りをつけたアガサは、結局コッツウォルズに帰ってきて、一人静かにクリスマスをやり過ごすのです。

過去に、アガサは盛大なクリスマスパーティーをしようとしてがんばったことがあります。覚えておいででしょうか？　悲しいことに失敗に終わりましたが（笑）、そののめりこみ方が、実にアガサらしいなと思いました。それに、友人たちの思いやりに胸が熱くなりました。どんな顚末だったのかは、『アガサ・レーズンと奇妙なクリスマス』をぜひご一読ください。絶対に笑えます。

さて本書に話を戻すと、コルシカ島からコッツウォルズに帰ってくると、クリスマスシーズンだというのに、村は暗くなっています。安全衛生局の意地悪な役人ジョン・サンデーが、ライトやツリーをはじめ、ありとあらゆるものに難癖をつけて禁止にしたからです。ほとんどの住人がサンデーに嫌な目に遭わされていました。そして、サンデーへの抗議集会が開かれていたまさにその最中に、サンデーが殺されるのです。アガサは殺人の容疑をかけられた富豪女性から、真犯人を見つけてほしいと依頼されます。探偵事務所には新たに個性的な青年も加わり、アガサたちの活躍から目が離せません。

本書で、アガサはついにジェームズへの執着を断ち切ることができたようです。それは喜ぶべきことなのですが、今度は「執着がないと、人生はいかにむなしく感じられることか」とつぶやいていて、虚無感を覚えているようです。そのむなしさとつきあっていくのが、今後アガサの人生のテーマになりそうです。

ところで、前作『アガサ・レーズンとけむたい花嫁』のラストに興味しんしんだった読者のみなさん、今作では大きな動きがあります。ぜひとも、わくわくしながらページをめくってください（ネタバレになるので、未読の方はこの先は『けむたい花嫁』を読んでからごらんください）。ただし、最初は何もこれといった動きがなくて、あれ、どうしたのだろう？　と思うかもしれません。アガサとチャールズのこれまでのつかず離れずの関係性と性格を考えると、じれったいけれど、たぶんそういう展開になるだろうな、と訳者は納得しました。みなさんはいかがでしたか？　ただ、その後の急な展開にはあっと驚きました。アガサは幸せになれるでしょうか？　どうぞ、本文でお楽しみください。

また、本作ではついにアガサが股関節の手術を受けます。女性を美しく見せるのはヒールだと、ヒールにこだわりのあるアガサなので、これからは痛みを感じずにヒールをはけるといいですね。二〇一二年に一作目の『アガサ・レーズンと困った料理』を訳したときは、訳者もヒールのあるかわいい靴が大好きでしたが、いまやスニーカー好きになり、外出のときに選ぶ靴もスニーカーとフラットシューズばかり。十二年の時の流れをしみじみと感じます。アガサのように、いつまでもハイヒールがはけたらいいのですが、現実世界では骨折が怖くて勇気がありません。

『アガサ・レーズンとけむたい花嫁』のあとがきで、みなさんの投稿をご紹介しましたが、初期からのファンの方々も、アガサだけがあまり年をとっていないと感じていらっしゃるようですね。物語の世界はうらやましいです。とはいえ、アガサも最近は股関節の手術やら皺やら、老いを感じる場面が増えてきているので、物語の世界にもゆるやかな時間の経過があるようです。

さて、前作のあとがきの最後で予告したように、二十巻記念の読者プレゼントに多数のご応募をいただきありがとうございました。一巻目からの愛読者の方も多くいらしたようで、ずっとアガサのファンでいてくださることに心からお礼申し上げます。これからも楽しいアガサの活躍をお届けするつもりですので、応援をよろしくお願いいたします。

次作 *As the Pig Turns* では、近所の村で豚の丸焼きのイベントがあり、アガサがそれに参加したところ、恐ろしいことが判明して……というショッキングな事件から物語が始まります。二〇二五年一月刊行予定ですので、しばしお待ちください。

コージーブックス

英国《えいこく》ちいさな村《むら》の謎《なぞ》㉑

アガサ・レーズンと告《つ》げ口男《ぐちおとこ》の死《し》

著者　M・C・ビートン
訳者　羽田詩津子《はたしずこ》

2024年4月20日　初版第1刷発行

発行人　成瀬雅人
発行所　株式会社　原書房
〒160-0022 東京都新宿区新宿1-25-13
電話・代表　03-3354-0685
振替・00150-6-151594
http://www.harashobo.co.jp
ブックデザイン　atmosphere ltd.
印刷所　中央精版印刷株式会社

落丁・乱丁本はお取り替えいたします。
定価は、カバーに表示してあります。
 ISBN978-4-562-06138-9 Printed in Japan